넬라 라슨
Nella Larsen

1891년 미국 시카고에서 서인도제도 출신의
흑인 아버지와 백인 어머니 사이에서 태어났다. 검은 피부를
타고나 인종 차별에 일찍 눈뜨게 된 그는 1920년 뉴욕으로
이주한 뒤 할렘 르네상스를 주도하던 예술가들과 교류하면서
작품 활동을 시작했다. 1928년 첫 소설 『유사』, 1929년 『패싱』을
출간했다. 이 작품으로 그는 뛰어난 업적을 이룬 흑인들에게
수여하는 윌리엄 하먼 브론즈 어워드와 구겐하임 지원금을 받았다.
그러나 초기의 활발한 창작 활동에도 불구하고 이혼에 따른
경제적 어려움, 출판사와의 불화 등으로 세 번째 소설을
출판하지 못한 채 1964년 세상을 떠났다. 흑인 여성 최초
퓰리처상 수상 작가인 앨리스 워커 등이 1980년대 이후 다른
흑인 여성 작가를 재발굴하기 시작하면서 넬라 라슨의 작품이
재평가되고 문학사 속에 위치가 복원되었다.

패싱 passing

패싱 passing

백인
행세하기

넬라 라슨
서숙 옮김

민음사

차례

*   칼 반 벡튼(Carl Van Vechten, 1880~1964)은 《뉴욕 타임스》의 음악 평
      론가, 연극 평론가, 소설가, 사진작가이다. 1920년대 뉴욕을 중심으로
      일어났던 흑인 문화 및 문학 운동의 선두적 백인 지지자로, 그의 파티
      에는 흑인, 백인 모두 참석할 수 있었고 그는 할렘의 모임에도 적극 참
      여했다. 그의 소설 「니거 헤븐(Nigger Heaven)」으로 인해 논쟁에 휩싸
      이기도 했다. 라슨의 친구이자 멘토였던 그는 라슨의 첫 소설 「유사
      (Quicksand)」(1928)의 출간을 도왔다. 파니아 마리노프(Fania Marinoff,
      1890~1971)는 뉴욕의 연극·영화배우로 칼 반 벡튼의 부인이다.

칼 반 벡튼과

파니아 마리노프를 위해[*]

*   카운티 컬런(Countée Cullen, 1903~1946)은 1920년대 할렘 르네상스
를 대표하는 시인이다. 영국의 낭만파 시인 존 키츠를 연상시키는 서
정성으로 유명하다. 열다섯 살부터 시를 발표하기 시작한 그는 1925년
뉴욕 대학교를 우등으로 졸업하던 해 첫 시집 「컬러(Color)」를 출간
했다. 인용된 문장은 이 시집에 수록된 「유산(Heritage)」의 한 구절로,
이 시는 정체성 형성에 있어서 문화의 역할을 고찰하고, 아프리카계
미국인들의 입장에서 아프리카로 상징되는 과거와 유럽의 영향을 받
은 현재 사이의 대화를 탐구한다.

3세기 떨어져 있다네

그의 아버지가 사랑했던 풍경들로부터,

향기로운 작은 숲과 계피나무,

나에게 아프리카란 무엇인가?

카운티 컬런*

1부

조우

하나

그 편지는 아이린 레드필드에게 매일 아침 배달되는 우편물 꾸러미 맨 아래 있었다. 받는 사람이 분명하게 적혀 있는 우편물들 아래서 맞닥뜨린, 알아보기 힘든 글씨가 적힌, 이탈리안 문양의 얇고 기다란 봉투는 제자리가 아닌 곳에 배송된 듯 낯설어 보였다. 그것에는 어딘가 비밀스러운 느낌도 있었다. 보낸 사람을 말해 주는 반송 주소 따위는 쓰여 있지 않은 가볍고 날렵한 봉투. 그녀가 그 편지의 발신자를 금세 눈치 채지 못했다는 말은 아니다. 이 년 전 그녀는 비슷한 모양의 편지를 받은 적이 있었다. 무언가를 감추고 있는 듯하면서도, 동시에 희한한 방식으로 분명하게 무언가를 드러내고 싶어 하는 것. 보라색 잉크. 평범하지 않은 크기의 수입 종이까지.

봉투에 전날 뉴욕발 소인이 찍혀 있는 것이 아이린의 눈에 들어왔다. 그녀의 눈썹이 살짝 찌푸려졌다. 그것은 짜증이라기보다는 당혹감에 가까웠다. 어쨌거나 그녀의 머릿속엔 두 가지 감정이 다 있었지만 말이다. 그 편지를 읽고 나면 틀림없이 마주하게 될 어떤 위험에 대한 자신의 반응이 그녀 스스로도 의아했다. 그 편지를 뜯어 읽어 보려는 생각조차 꺼림칙했다.

클레어 켄드리에 대해 자신이 알고 있는 모든 것들로 미루어볼 때 이것은 그녀가 보낸 것이 분명했다. 언제나 위험의 모서리에 올라서 있는 것. 언제나 위험을 알고 있으면서도 뒤로 물러서거나 피하지 않는 것. 주변 사람들이 분통을 터뜨리며 아무리 주의를 준들 꿈쩍도 않는 것.

짧은 순간, 아이린 레드필드는 창백한 여자아이 하나가 너덜너덜한 파란 소파에 앉아 선홍색 헝겊 조각들을 꿰매고 있는 모습을 보는 듯했다. 키가 크고 체격이 큰 그애의 아버지는 술에 취해 허름한 방 안을 서성거리며 욕설을 해 대고, 때로는 격분하여 아이에게 덤벼들려고 날뛰었다. 아무리 날뛰어도 미동도 없는 아이 앞에서는 대개 무색한 일로 끝나 버렸지만 말이다. 이따금 그의 손이 아이를 건드리기도 했다. 그럴 때면 아이는 보잘것없는 바느질감을 쥐고 소파 구석으로 옮겨 앉을 뿐이었다. 아이는 자기 몸과 바느질감에 가해질지 모를 위협을 다루는 법을 알았다.

클레어는 자기 아버지, 밥 켄드리가 경비원으로 일하는 건물 꼭대기층에 사는 재봉사에게 푼돈을 받고 해 주는 온갖 심부름들이 위험한 일이라는 것을 잘 알고 있었다. 하지만 그것이 그 애를 막지는 못했다. 그 애는 주일학교 피크닉에 가고 싶었고, 새 옷을 입기로 작정했다. 달갑지 않고 위험한 일이 생길 수도 있었지만, 그 애는 그 돈으로 소박한 빨간색 프록을 만들 옷감을 샀다.

그 시절에는, 그런 시절이었기에 더더욱, 삶에 대한 클레어 켄드리의 생각 속에 희생 같은 것은 아예 없었다. 눈앞의 욕망 외에는 어떤 믿음도 없었다. 그 애는 이기적이고 차갑고 빈틈없었다. 그러면서도 때로는 따스함과 열정을 극단적으로 과장되게 표현하는 이상한 능력을 가지고 있었다.

클레어보다 나이가 한 살 정도 많던 아이린은 밥 켄드리가 술집에서 무모한 싸움으로 목숨을 잃고 집으로 실려 오던 날을 기억했다. 그 당시 열다섯 살 남짓이던 클레어는 입을 앙다물고, 좁은 가슴에 가느다란 두 팔로 팔짱을 끼고, 갸름한 검은 눈에 경멸을 띤 채 밀가루 반죽처럼 창백한 제 아버지의 그 익숙한 얼굴을 내려다보며 서 있었다. 아무 말 없이, 응시하며 그렇게 서 있었다. 그러더니 돌연 격렬하게 울부짖기 시작했다. 가느다란 몸을 마구 뒤틀며 밝은 색 머리카락을 쥐어뜯으며 작은 두 발로 바닥을 굴렀다. 그 격렬한 울부짖음은 터져 나왔을 때처럼 갑자기 뚝 그쳤다. 아이는 썰렁한 방을 재빨리 둘러보고 번득이는 경멸의 눈초리로 방 안에 있던 사람들, 심지어 두 명의 경찰관을 날카롭게 노려봤다. 그러고는 돌아서서 문밖으로 사라졌다.

오랜 시간이 지나 지금 돌이켜 보면, 그 애의 울부짖음은 죽은 아버지에 대한 애도였다기보다는 그 애 안에 쌓여 있던 분노의 표출이었던 것 같다. 여하튼 그 애는, 아이린도 인정하듯, 고양이처럼 그녀만의 방식으로 아버지를 좋아하긴 했었다.

고양이처럼. 단 한마디 말로 그 애를 묘사해 본다면 확실히 이것이 클레어 퀸드리를 가장 잘 묘사하는 말이었다. 때로 그 애는 마치 나무토막인 양 아무것도 느끼지 못하는 사람처럼 보였다. 때로는 다정하고 무모할 만큼 충동적이었다. 그 애에게는 놀랍도록 차분한 적개심이 있었는데, 그것은 도발되기 전에는 잘 감추어져 있었다. 그 애는 다른 사람에게 상처를 주는 법, 그것도 대단히 효과적인 방법을 알았다. 또는 사람들이 그 애의 화를 돋우면 어떤 위험도 개의치 않고 완전히 잊어버린 채 사납고 맹렬하게 싸웠다. 상대가 힘이 더 세다든가 숫자가 많다든가 하는 불리한 상황 따위는 신경 쓰지 않았다. 몇몇 사내애들이 그 애의 아버지를 놀리려고 구부정하게 걷는 그의 괴상한 모습을 경멸적으로 묘사한 노래를 만들어 불렀던 날, 그 애는 얼마나 사납게 사내애들을 할퀴었던가! 또한 얼마나 교묘하게…….

아이린은 회상에 빠진 생각들을 추슬러 다시 현재로,

열어 보지 않은 채 여전히 손에 들고 있는 클레어 켄드리의 편지로 돌아왔다. 조금 두려운 마음으로 그녀는 아주 천천히 봉투를 자르고 접힌 편지를 꺼내서 읽기 시작했다.

그녀는 바로 알았다. 클레어가 이 도시에 와 있다는 것을 말해 주는 우편 소인을 보았을 때 이미 예상했던 대로였다. 그녀를 다시 만나고 싶다고, 과장된 문장으로 쓰인 편지. 그래, 이런 말들에 대꾸할 필요도 없고, 대꾸하지도 않을 거야, 아이린은 혼자 중얼거렸다. 그녀는 클레어가 오래전에 제 마음대로 버리고 떠났던 삶으로 잠깐 돌아오고 싶어 하는 그 유치한 욕망을 충족시키는 일에 끼어들고 싶지 않았다.

그녀는 편지를 처음부터 끝까지 훑어보았다. 그녀가 멋대로 끼워 맞춘 단어들을 최선을 다해 알아맞혀 가면서 본능적인 직감으로 추측해 나갔다.

"……왜냐하면 외로워, 너무 외로워서…… 다시 너와 함께 있고 싶어, 참을 수가 없어. 어떤 것을 이렇게까지 원했던 적은 없어. 난 인생에서 많은 것을 원했어…… 이 창백한 나의 삶에서 그 다른 삶, 한때 그것으로부터 기꺼이 자유로워지겠다고 생각했던 그 삶의 환한 그림을 내가 한 번도 떨쳐 버린 적이 없었다는 것을 너는 모를 거야……
그것은 통증과도 같아. 절대로 멈추지 않는……." 한 장,
또 한 장, 편지는 계속되었다. 그리고 마침내 이런 말로 끝
났다. "이건 네 탓이야, 아이린. 적어도 어느 정도는. 왜냐
하면 내가 그때 시카고에서 너를 만나지 않았다면, 아마
난 지금 이 끔찍하고 황당한 소망을 가지고 있지 않을 테
니까."

아이린 레드필드의 따뜻한 올리브 색 두 뺨이 울긋불
긋해졌다.

"그때 시카고에서." 그 말이 다른 단어들 사이에서 선
명하고 날카로운 기억을 불러일으키며 우뚝 일어서는 것
같았다. 그 기억 속에는 이 년이 지난 지금까지도 모욕감,
원망, 그리고 분노가 섞여 있었다.

둘

이것이 아이린 레드필드가 기억하는 것이다.

시카고. 8월. 눈부신 날. 태양이 무자비하게 이글거리는 녹은 쇠 같은 광선을 비처럼 쏟아 붓던 무더운 날. 건물들의 윤곽이 뜨거운 열기에 저항하듯 떨리던 날. 열에 달궈진 보도에서 흔들리는 선들이 솟구치며 반짝이는 차선들을 따라 꿈틀거렸다. 보도 끝에 주차된 자동차들은 춤추는 불꽃에 휩싸였고 쇼윈도가 빛을 반사하는 통에 눈이 멀

지경이었다. 달아 오른 보도에서 피어 오른 선명한 먼지 입자들이 지친 행인들의 그을리고 땀에 젖은 피부를 찔렀다. 어쩌다가 미풍이라도 불면 느린 풀무가 화염의 숨결을 부채질하는 듯 숨이 막혔다. 아이린이 어린 두 아들, 브라이언 주니어와 테오도르에게 시카고에서 사 가겠다고 약속한 물건들을 사러 나선 것은 그 많은 날들 중에서도 바로 그날이었다. 아이린은 시카고에 여러 날을 머물렀지만 한창 정신없는 마지막 이삼 일까지 참 그녀답게도 그 일을 미루어 왔다. 그리고 찌는 듯한 그날이 되어서야 겨우 저녁때까지 시간이 비었던 것이다. 주니어에게 줄 모터 비행기를 사는 데는 별 어려움이 없었다. 그러나 테드가 그렇게 진지하고 끈질기게 그녀에게 자세히도 설명했던 그림책은 상점 다섯 군데를 들르고도 구하지 못했다.

그녀가 막 여섯 번째 상점으로 가고 있을 때였다. 땀에 젖어 따끔거리는 그녀 눈 앞에서 남자 하나가 비틀거리더니 달아오른 시멘트 위로 쓰러졌다. 꿈쩍도 하지 않았다. 죽은 듯 누워 있는 남자 주위로 사람들이 모여들었다. "저 남자 죽었나요, 아니면 기절한 건가요?" 누군가 그녀에게 물었다. 그러나 아이린은 영문을 몰랐고 알려고도 하지 않았다. 그녀는 점점 더 많이 모여드는 사람들 사이를 헤치고 가까스로 빠져 나올 뿐이었다. 땀에 젖은 몸이 축축하게 끈적거렸고 그녀는 인파에 몸이 더럽혀진 듯 불쾌해졌다.

한동안 그녀는 시원찮은 작은 손수건으로 부채질을 하거나 땀이 밴 얼굴을 찍어 내며 서 있었다. 그때 갑자기 거리 전체가 기우뚱하게 흔들리면서 정신이 혼미해졌다. 즉시 안전 조치가 필요하다고 생각하는 순간, 그녀는 바로 앞에 서 있던 택시를 향해 가까스로 손을 들었다. 땀에 젖은 기사가 뛰어나와 그녀를 안다시피 부축해 택시에 태웠다. 그녀는 뜨겁게 달아오른 가죽 좌석에 주저앉았다. 얼마간 머릿속이 몽롱하더니 이내 정신이 들었다.

"내 생각에." 그녀는 자기를 도와 준 사마리아인에게 말했다. "차를 마셔야 될 것 같아요. 어디 옥상에서."

"드레이튼 호텔¹로 모실까요?" 그가 말했다. "거기 루프탑에는 언제나 시원한 바람이 분다고 하던데요."

ɪ 허구의 호텔. 시카고의 유명한 고급 호텔인 드레이크 호텔과 모리슨 호텔을 모델로 삼았다.

"고마워요. 드레이튼 호텔이 좋겠어요." 그녀가 대답했다.

기사가 자동차에 기어를 넣자 클러치가 미끄러지는 소리를 내며 택시가 끓어오르는 차들 속으로 합류했다. 자동차가 달릴 때 생기는 따뜻한 미풍에 조금씩 정신이 들면서 아이린은 열기와 인파에 시달리느라 헝클어진 차림새를 가다듬었다.

빠르게 달린 끝에 택시가 보도 쪽에 정차했다. 기사가 뛰어나가 정복차림의 호텔 안내원이 손을 내밀기도 전에 차문을 열어 주었다. 그녀는 택시에서 내리며 미소 짓고는, 보다 실질적인 방법으로 그의 친절과 배려에 감사를 표한 뒤 드레이튼 호텔의 넓은 문을 통해 안으로 들어갔다.

엘리베이터를 타고 옥상으로 올라간 그녀는 긴 창문 바로 앞에 있는 테이블로 안내되었다. 시원한 바람이 창으로 들어와 커튼을 부드럽게 흔들었다. 마치 매직 카펫을 타고 저 아래 푹푹 찌는 세상으로부터 멀고 먼, 쾌적하고 조용한 다른 세상으로 가볍게 날아 온 것 같았다.

차 생각만 하고 있는데 마침내 주문한 차가 나왔다. 사실 그 한 잔은 너무도 그녀가 원하고 기대했던 것이어서 깊고 시원한 첫 모금을 마신 뒤에야 차 생각을 떨칠 수 있었다. 이따금 그녀는 길쭉한 연두색 잔을 입으로 가져간 뒤 멍하니 주변을 훑거나 몇몇 낮은 빌딩들 너머 보이지 않는 수평선까지 닿아 있는 밝고 잔잔한 호수를 바라보기도 했다.

그녀는 거리 위를 기어 다니는 자동차와 사람 들이 꼭 장난감 같다는 생각을 하며 한동안 창밖을 내려다보다가 어느새 잔이 빈 것을 알고 놀랐다.

차를 더 달라고 말하고 기다리는 동안 그녀는 그날 있었던 일들을 떠올리며 테드와 그의 책을 어떻게 할 것인지 생각했다. 어째서 그 애는 언제나 구하기도 어려운, 거의 구할 수 없는 것만을 원하는가? 자기가 가질 수 없는 것을 끊임없이 원하는 그 애 아버지처럼.

그때 목소리가 들렸다. 크게 울리는 남자 목소리와 약간 허스키한 여자 목소리. 웨이터가 그녀 옆을 지나갔고 그 뒤를 향긋한 냄새를 풍기며 한 여자가 따랐다.

여자가 입고 있는 팔랑거리는 초록색 시폰 드레스에는 노란 수선화와 히아신스 무늬가 뒤섞여 있었는데 상쾌하고 서늘한 봄날을 연상시켰다. 그 여자의 뒤에는 얼굴이 잔뜩 붉어진 남자가 구겨진 커다란 손수건으로 목과 이마를 닦아 내고 있었다.

"이런!" 아이린은 짜증 섞인 목소리로 중얼거렸다. 그들이 잠시 이야기를 나누며 머뭇거리더니 바로 옆 테이블에 멈춰 섰기 때문이다. 그녀가 그곳 창가에 혼자 앉아 있는 동안은 참으로 만족할 만큼 조용했었는데. 이제, 물론, 남녀는 수다를 떨기 시작할 것이다.

그러나 그녀의 예상이 빗나갔다. 여자만 자리에 앉았다. 남자는 밝은 푸른색을 띤 타이 매듭을 만지작거리며 멍하니 서 있을 뿐이었다. 두 테이블 사이 작은 공간을 넘어 남자의 목소리가 분명하게 들렸다.

"그럼, 또 봐요." 그가 여자를 내려다보며 말했다. 어조는 유쾌했고 얼굴에는 미소가 어렸다.

그의 동행은 입술을 벌리며 무어라 대답을 했지만 그들 사이의 작은 공간 때문에, 또 길 아래에서 올라오는 소음 때문에 흐릿해져 아이린에게는 잘 들리지 않았다. 그러나 그녀는 여자의 얼굴에 묘하게 달래는 듯한 미소가 번지는 것을 알아보았다.

남자가 말했다. "그럼, 난 이만." 그는 미소를 지으며 인사한 뒤 떠났다.

매력 있는 여자라고 아이린은 생각했다. 검은색에 가까운 짙은 두 눈과 상아색 피부에 주홍색 꽃처럼 넓게 퍼진 입. 그리고 날씨에 딱 맞는, 자칫 구겨지기 쉬운 여름옷들 같지 않게 얇고 시원한 멋진 옷차림.

웨이터가 주문을 받고 있었다. 그때 아이린은 그 여자가 무어라고, 아마도 감사하다고 중얼거리며 올려다보는 자세로 미소 짓는 것을 보았다. 이상한 미소였다. 아이린은 확실하게 설명할 수 없었지만 그 미소를 다른 여자에게서 봤다면 분명 웨이터에게 짓는 미소치고는 지나치게 도발적이라고 생각했을 것이다. 그러나 그 미소를 그렇게만 단정하기에는 뭔가 망설여지는 것이 있었다. 아마도 어떤 자신감 같은 것.

웨이터가 주문받은 음식을 가지고 왔다. 아이린은 그 여자가 냅킨을 덮는 것을, 연노란색 멜론을 자르기 위해 하얀 손으로 은색 스푼을 쥐는 것을 바라보았다. 그러다 자기도 모르게 그녀를 빤히 보고 있다는 것을 깨닫고 얼른 시선을 돌렸다.

아이린은 먼저 해결해야 할 일들을 생각했다. 두 벌의

드레스 중 그날 밤에 있을 브리지 게임 파티에 더 어울리는 것을 골랐다. 아마도 방 안의 공기가 너무 탁하고 뜨거워 모두 후덥지근한 숨들을 내쉴 것이었다. 드레스가 정해지자 다시 테드의 골치 아픈 책을 생각하기 시작했다. 그녀는 무심한 눈으로 멀리 호수 쪽을 보고 있었으나 어떤 육감에 의해 누군가 자신을 주시하고 있다는 것을 예민하게 알아챘다.

아주 천천히 주위를 둘러보던 그녀는 초록색 드레스를 입고 옆 테이블에 앉아 있던 여자의 검은 눈동자와 마주쳤다. 그러나 그 여자는 그렇게 노골적인 관심을 드러내는 일이 상대를 무안하게 하는지도 모르는 채 계속 그녀를 응시하고 있었다. 여자의 태도는 아이린의 생김새 하나하나를 영원히 기억 속에 정확하고 분명하게 새겨 넣기 위해 마음을 집중하는 것처럼 보였고 그런 사실을 상대에게 들킨 뒤에도 당황하는 기색조차 없었다.

오히려 당황한 것은 아이린이었다. 그 여자가 계속 쳐다보는 통에 얼굴이 붉어지는 것을 느끼며 시선을 아래로 떨궜다. 그녀는 알 수 없었다. 저렇게 집요하게 관심을 표하는 이유가 무엇일까. 택시에서 내릴 때 서두르느라 모자를 거꾸로 썼나? 그녀는 조심스럽게 모자를 만져 보았다. 아니었다. 얼굴에 분이 묻어 있는지 모르지. 그녀는 손수건으로 얼른 얼굴을 닦았다. 드레스가 뭐 잘못되었나? 재빠르게 훑어보았다. 완벽했다. 대체 이유가 뭘까.

그녀는 다시 고개를 들었다. 그녀의 갈색 눈은 한순간도 흔들리지 않고 자신을 응시하는 여자의 검은 눈에 예의 바르게 응수했다. 아이린은 무시하기로 마음 먹었다. 아 그래, 볼 테면 봐! 그녀는 그 여자와 그 시선에 무관심하려 했으나 그럴 수 없었다. 무시하려고 노력했지만 허사였다. 그녀는 다시 여자를 슬쩍 보았다. 여전히 자기를 보고 있었다. 얼마나 이상야릇하고 나른한 눈빛인가!

아이린 속에서 천천히, 그리고 희미하게, 불쾌하면서 너무나 익숙한 동요가 일어났다. 그녀는 소리 없이 웃었으나 두 눈이 번득였다.

저 여자는 드레이튼 호텔의 옥상, 여기 바로 눈앞에 흑인이 앉아 있다는 것을 도대체 어떻게 알고 있는가? 알 수 있다는 건가?

말도 안 되지! 그럴 리 없어! 백인들은 그런 일에 참으로 어리석어서 자신들이 흑인을 구별할 수 있다고 확신하곤 했다. 손톱이나 손바닥, 귀 모양, 치아 같은 정말 말도 안 되는 방법으로. 그리고 똑같이 어리석은 다른 헛소리 들도 있었다. 그들은 언제나 그녀를 이탈리아 사람, 스페 인 사람, 멕시코 사람 또는 집시로 보았다. 그녀가 혼자 있 으면 결코, 그들은 그녀가 흑인이라고 막연하게라도 의심 하지 않는 것 같았다. 그렇다, 저기 앉아 자기를 응시하고 있는 저 여자라고 그것을 알 수는 없었다.

그럼에도 불구하고 아이린은 이번에는 분노, 경멸, 그 리고 두려움이 온몸을 휩싸는 것을 느꼈다. 자신이 흑인 인 것이, 또는 흑인이라고 밝혀지는 것이 부끄러워서가 아니었다. 어떤 장소에서 쫓겨난다는 생각 때문이었다. 그녀를 동요하게 만든 것은 비록 공손하고 요령 있는 방 법에 의해서일지라도, 드레이튼 호텔에서는 으레 그럴 것 이지만, 어떤 장소에서 쫓겨난다는 그 생각이었다.

아이린은 여전히 자기를 응시하는 그 눈을 과감하게 마주 보았다. 그 눈은 그녀에게 화나 있거나 적대적인 것 같지 않았다. 오히려 그 눈은 자기만 그렇게 한다면 금방 따라 미소 지을 것처럼 보였다. 물론 말도 안 되는 소리였 다. 이내 그런 느낌은 사라지고 그녀는 호수에, 길 건너 빌딩의 지붕에, 하늘에, 신경을 자극하는 저 여자만 아니면 어느 곳에든 시선을 두리라 굳게 마음먹고 눈을 돌렸다. 그러나 거의 즉시 그녀의 눈은 다시 돌아왔다. 불안정한 혼란에 사로잡혀서도 그녀는 그 불손한 관찰자의 시선을 이겨 내야겠다는 욕망을 느꼈다. 저 여자가 아이린의 인종을 알거나 의심한다고 치자. 저 여자는 그걸 증명할 수 없다.

돌연 그녀의 작은 두려움이 커져 갔다. 옆 테이블의 여자가 일어나서 그녀 쪽으로 걸어 왔던 것이다. 이제 무슨 일이 일어나려나.

"실례해요." 여자는 유쾌하게 말했다. "우리 아는 사이 같은데요." 약간 허스키한 여자의 목소리는 스스로도 확신이 없었다.

그 여자를 올려다본 순간, 아이린의 의심과 두려움은 사라졌는데 의심의 여지없이 그것은 친절한 미소였고 그 매력에 저항할 수도 없었기 때문이다. 즉시 그것에 승복한 그녀는 따라 웃으며 말했다. "잘못 보신 것 같아요." "그럴 리가요, 난 당신을 알아요!" 여자가 외쳤다. "당신이 아이린 웨스트오버가 아니라고 하지는 않겠지요. 아니 아직도 사람들은 당신을 르네라고 부르나요?"

언제 어디서 이 여자가 자기를 알게 되었을까, 대답하기 전 짧은 순간 아이린은 기억을 떠올려 보려 했으나 허사였다. 여기 시카고에서. 그리고 결혼 전에. 거기까지는 분명했다. 고등학교? 대학교? Y.W.C.A 위원회? 아마 고등학교일 거야. 그녀를 르네라고 친밀하게 부를 만큼 친했던 백인 소녀들이 누구였던가? 자기 앞에 있는 이 여자는 백인 소녀들에 대한 그녀의 어떤 기억에도 들어맞지 않았다. 이 여자는 누구인가?

"맞아요, 난 아이린 웨스트오버예요. 이제 아무도 날 르네라고 부르지는 않지만 그 이름을 다시 들으니 좋군요. 그런데 당신은……." 그녀는 기억하지 못하는 것을 부끄러워하며 머뭇거렸다. 그 여자가 그녀 대신 문장을 마무리해 주길 바라면서.

"너 날 모르겠니? 정말로, 르네?"

"미안하지만 지금 당장은 당신이 누구인지 생각나질 않는군요."

아이린은 그 여자의 정체를 알 수 있는 어떤 단서라도 찾고자 바로 옆에 선 그 미인을 자세히 살펴보았다. 이 여자는 대체 누구일까. 언제 어디서 그들은 만났을까. 그리고 당황해하는 와중에도 그녀가 느끼는 혼란이 어떤 이유에서인지 그녀의 옛 지인에게 실망스럽다기보다는 흡족한 것이라는, 즉 그 여자는 상대가 자기를 못 알아보는 것을 개의치 않는다는 생각이 들었다.

또한 아이린은 자신도 곧 그 여자를 기억해 낼 것 같은 느낌이 들었다. 왜냐하면 그 여자에게는 어떤 특징, 파악하기 힘든 어떤 것, 정의 내리기에는 너무도 모호한 것, 손으로 잡기에는 너무 먼 것, 그러나 아이린 레드필드에게 아주 익숙한 무엇이 있었다. 그리고 그 음성. 확실히 그녀는 언젠가 어디선가 저 허스키한 음성을 들은 적이 있었다. 언젠가 만난 적이 있거나 그 비슷한 일들을 상기시키는 음성. 막연하게 영국적인 느낌을 풍기는 저 음성. 아! 그들은 유럽에서 만났던가? 르네, 아니지.

"어쩌면." 아이린은 말을 꺼냈다. "당신은……."

그 여자는 웃었다. 사랑스러운 웃음이었다. 떨리는 음정 같은, 값비싼 금속으로 만들어진 섬세한 종소리 같은, 종이 울리는 듯 작게 이어지는 소리.

아이린은 급하게 짧은 숨을 들이마셨다. "클레어!" 그녀는 외쳤다. "정말 클레어 켄드리야?"

그녀는 너무 놀라 자리에서 일어날 뻔했다.

"아냐, 아냐, 일어나지 마." 클레어 켄드리는 그렇게 말하며 앉았다. "넌 이제 여기 앉아서 이야기를 해야 해. 우리 뭐 좀 더 마시자. 차? 너를 여기서 만나다니! 정말 너무 너무 운이 좋다!"

"정말 너무 놀랍다." 아이린이 말했다. 클레어의 미소가 변하는 것을 보고 자신의 속마음이 잠깐 드러났다는 것을 알았다. 하지만 그녀는 이렇게 말을 건넸을 뿐이었다. "네가 웃지 않았더라면 꿈에도 알아보지 못했을 거야. 넌 정말 달라졌어. 그러면서도 한편으론 아주 그대로야."

"그럴지도 모르지." 클레어가 답했다. "아, 잠깐만."

그녀는 옆에 와 있는 웨이터에게 알은체했다. "음, 그래요. 차 두 잔하고 담배 좀 갖다 줘요. 네, 그거면 됐어요. 고마워요." 다시 그 묘하게 정도가 지나친 미소. 이제 아이린은 그것이 웨이터에게 보내기에는 너무 도발적인 미소임을 확신했다.

클레어가 주문하는 동안 아이린은 재빨리 머릿속으로 계산했다. 그녀 생각으로는 그녀가, 아니 그녀가 아는 누구든 간에 클레어 켄드리를 본 지 분명 십이 년은 될 것이었다.

아버지가 죽은 뒤, 클레어는 서쪽 지역에 있는 아주 먼 친척들, 이모들 아니면 삼촌들에게 보내졌다. 그들이 장례식에 나타나 클레어를 데리고 갈 때까지 아무도 켄드리 집안사람들에게 친척이 있는지도 몰랐다.

그 후 일이 년 동안 클레어는 남쪽에 있는 옛 친구들과 지인들 사이에 잠깐씩 모습을 드러냈다. 그녀는 새로 들어간 집에서 맡은 끝도 없는 집안일 사이에서 잠시 틈을 낸 것이라고 했다. 그녀는 나타날 때마다 점점 더 키가 자랐고 더 남루해졌으며 더 도전적이고 예민해졌다. 그리고 그녀의 얼굴도 점차 더 원망과 우울의 빛을 띠었다.

"클레어가 걱정이야. 그 애는 너무 불행해 보여." 아이린은 어머니가 말하던 것을 기억했다. 그녀의 방문이 줄어들고, 머무는 시간은 점점 더 짧아지고, 간격이 더 벌어지더니 결국 더 이상 그녀를 볼 수 없었다.

밥 켄드리 씨를 좋아하던 아이린의 아버지는 클레어가 마지막으로 그들을 보러 온 지 두어 달이 지났을 즈음 특별히 시간을 내어 서쪽 지역을 방문하고 그녀의 친척들

을 만나 봤지만 클레어가 사라졌다는 소식 말고는 별 소
득 없이 돌아왔다. 아버지가 방에서 어머니에게 따로 어
떤 비밀을 털어놓았는지 아이린은 알지 못했다.

그러나 아이린은 그 일을 둘러싼 애매모호한 의심 이
상의 것을 알고 있었다. 소문들 때문이었다. 당시 열여덟
이나 열아홉의 여자아이들에게는 재미있고 흥미진진한
소문들이었다.

클레어 켄드리가 한 여자와 두 남자와 함께 화려한 호
텔에서 저녁 시간에 있는 것을 보았다는 소문이었다. 그
들은 모두 백인이었고, 정장 차림이었다고! 그리고 또 다
른 소문은 그녀가 틀림없이 부유한 백인 남자와 링컨 파
크 쪽에서 유니폼을 입은 기사가 모는 패커드 리무진을
타고 있었다는 것이다. 아이린이 더 이상 맥락을 기억할
수 없는 다른 소문들도 무성했으며 그 소문들은 하나같이
요란했다.

기억이 점점 더 또렷해졌다. 클레어에 관한 흥미진진
한 이야기들을 늘어놓을 때면 여자아이들은 언제나 다 안
다는 듯 서로를 바라보았고 흥분한 채 낄낄거렸다. 또 호
기심으로 반짝이는 눈을 굴리면서 불쌍한 듯 믿기지 않는

다는 듯 소리를 죽여 이런 말들을 하곤 했다. "아, 그 애는 일자리를 얻었을 수도 있어." 또는 "그건 클레어가 아니었을 거야." 또는 "들은 이야기를 전부 믿을 수는 없어."

그러나 언제나 다른 아이들보다 더 노골적으로 심술궂거나 더 현실적인 아이가 나서 단언하곤 했다. "클레어가 분명해! 루스도 그랬고 프랭크도 그랬어. 그 애들은 우리처럼 클레어를 보면 딱 알아." 다른 아이도 말했다. "그래, 틀림없이 그건 클레어였어." 그러면 그들은 다같이, 그건 틀림없이 클레어였다고, 잘못 보았을 리가 없다고, 그러한 정황이 말해 주는 것이란 뻔하다고 단정지었다. 일을 하다니! 하인들을 쉘비 호텔[2] 만찬에 초대하지는 않지. 물론 그렇게 번듯한 정장을 하고 데리고 가지 않지. 그들은 멋대로 동정심을 표했고 누군가 말하곤 했다. "불쌍한 것, 그건 사실일 거야. 하지만 뭘 기대하겠니. 그 애 아버지를 봐라. 그 애 엄마도 죽지 않았더라면 도망갔을 거라고들 하더라. 게다가 클레어에겐 언제나, 언제나 자기만의 방식이 있었잖아."

2   시카고의 셔먼 호텔을 모델로 한 허구의 호텔.

정확하게 그것이었다! 그 말들이 거기 드레이튼 호텔 루프탑에서 클레어 켄드리를 마주하고 앉아 있는 그녀에게 되살아났다. '자기만의 방식.' 그래, 아이린은 인정했다. 외모와 태도로 보건대 클레어는 확실하게 자신이 원하는 것들을 손에 넣는 데 성공한 것처럼 보였다.

그 긴 세월이 지난 뒤, 무려 십이 년이 지난 뒤에 클레어를 다시 보다니 정말 엄청나게 놀라운 일이라고, 정말 기쁜 일이라고, 아이린은 웨이터가 왔다간 뒤 거듭 강조했다. "정말이지, 클레어, 널 이렇게 우연히 만나게 될 거라고는 생각도 못 했어. 그래서 내가 널 알아보지 못한 걸 거야."

클레어가 진지하게 대답했다. "그래, 십이 년이야. 하지만 르네, 난 널 만난 게 놀랍지 않아. 내 말은, 굉장히 놀랍지는 않아. 사실 난 이곳에 온 뒤 어쩌면 널 만나길 어렴풋이 바랐어. 아니면 다른 사람이라도. 그러나 너를 더 만나고 싶었어. 그건 내가 자주 널 생각했기 때문일 거야. 확신하건대 넌, 넌 한 번도 날 생각하지 않았겠지만 말야."

물론 그건 사실이었다. 클레어가 떠나고 얼마간 이런저런 생각들과 비난의 말들이 스쳐 간 뒤, 클레어는 아이린의 머릿속에서 완전히 사라졌다. 그리고 다른 여자아이들의 머릿속에서도. 그녀들의 대화가 클레어에 대한 관심에서 나온 것이었다면 말이다.

　클레어는 한 번도 그들 그룹에 완전히 속했던 적이 없었다. 그 애가 수위의 딸이기만 한 것이 아니라 동시에 밥 켄드리의 딸이었던 것처럼. 밥 켄드리가 수위였던 것은 사실이지만 그 역시 그룹에 속한 몇몇의 아버지들과 함께 대학교에 다녔던 것 같았다. 그가 어쩌다가 수위, 그것도 대단히 무능한 수위가 되었는지에 대해서는 아무도 알지 못했다. 아이린의 오빠들 중 하나가 그 질문을 아버지에게 했다가 이런 말을 들었을 뿐이었다. "네가 상관할 일이 아니야." '가련한 밥'처럼 되지 않도록 조심하라는 충고와 함께.

　그렇다. 아이린은 클레어 켄드리를 생각하지 않았다. 그것은 그동안 그녀가 너무 바쁘게 살았기 때문이다. 다른 사람들도 마찬가지일 것이다. 그녀는 자신의, 그들의 망각을 변호했다. "너도 어떤지 알잖아. 모두 너무 바빠. 사람들이 이사 가거나 학교를 떠나고 나면 한동안 얘기하면서 소식을 묻기도 하지. 그러다가 서서히 잊게 돼."

"그래, 그게 자연스러운 거지." 클레어는 동의했다. 그러고는 자신을 완전히 잊기 전에 처음 한동안 아이들이 자신에 대해 어떤 말을 나눴는지 궁금해했다. 아이린은 눈을 돌렸다. 자기도 모르게 두 뺨이 달아올랐다. "아니, 넌 내가 결혼과 출산과 죽음과 전쟁을 겪고 십이 년이 지난 지금까지 그런 사소한 일들을 기억할 거라 생각한 건 아니지?" 그녀는 얼버무렸다.

작은 종소리 같은 클레어의 웃음소리가 뒤따랐다. 작고 명료한 조롱이 담긴 웃음소리였다.

"아, 르네!" 클레어가 외쳤다. "그럼 넌 기억하지! 하지만 굳이 네 입으로 말할 필요는 없어. 왜냐하면 난 마치 거기 있으면서 잔인한 말 한마디 한마디를 직접 들은 것처럼 잘 알고 있으니까. 그래, 알고말고. 프랭크 댄튼이 어느 날 밤 나를 쉘비 호텔에서 봤어. 그가 그 사실을 떠벌리지 않았다고 말하진 마. 그것도 한껏 과장했을 거야. 다른 아이들도 다른 때에 날 봤을지도 모르지. 한번은 마셜필드 백화점에서 마거릿 해머를 만났어. 내가 막 말을 건네려고 하는데 그 애가 날 딱 모른 척하더라. 사랑하는 르네, 그 애가 날 훑어보는 태도는, 내가 실제로 거기 있었는지를 스스로도 확신하지 못하게 만들었어. 난 분명하게, 너무도 분명하게 기억하고 있어. 어떤 점에서는 그 일 때문에 내가 집을 아주 떠나기 전 마지막으로 너를 보러 가려는 마음을 단념했던 거야. 너희 식구들은 언제나 불쌍하고 딱한 나에게 친절했지만, 어쩐지 난 그게 견딜 수 없더라고. 내 말은, 만일 너희 식구 중 한 사람이, 너희 어머니나 오빠들이나, 아, 하여간, 너희 식구들이 그렇다 해도 난 모르고 싶었던 거야. 그래서 가지 않았어. 내가 어리석었던 것 같아. 발길을 끊은 걸 나도 가끔씩은 후회했으니까."

클레어의 눈이 저토록 빛나는 것은 눈물 때문일까? 아이린은 생각했다.

"자, 르네, 이제 너와 다른 사람들에 대해 전부 듣고 싶어. 너 결혼했겠지?"

아이린은 고개를 끄덕였다.

"그래." 클레어는 알겠다는 듯 말했다. "그랬을 거야. 얘기해 줘."

한 시간도 넘게 그들은 거기 앉아 담배를 피우고 차를 마시며 십이 년의 간극을 수다로 메웠다. 말하자면 아이린이 그렇게 했다. 그녀는 클레어에게 자신의 결혼과 뉴욕으로 이사 간 일에 대해서, 남편에 대해서, 여름 캠프에서 부모와 처음으로 떨어져 있는 경험을 하고 있는 자기 두 아들에 대해서, 어머니의 죽음에 대해서, 두 오빠의 결혼에 대해서 얘기했다. 그리고 클레어가 알고 있던 다른 집안의 결혼들, 출생과 죽음들에 대해 말해 주고, 옛 친구들과 지인들의 근황을 알려 주었다.

클레어는 그 이야기들을, 자기가 그렇게 오랫동안 알고 싶어 했지만 알지 못했던 것들을 모두 빨아들였다. 그녀는 윤이 나는 입술을 약간 벌리고 행복한 눈빛으로 얼굴 전체가 환해진 채 꼼짝하지 않고 앉아 있었다. 이따금 질문을 했지만 대개는 듣고 있었다.

어디선가 밖에서 시계 종 치는 소리가 들렸다. 현실로 돌아온 아이린은 손목시계를 내려다보고 외쳤다. "어머, 가야 돼, 클레어!"

잠시 동안 그녀는 불안에 사로잡혔다. 돌연 자신이 클레어의 삶에 관해 아무것도 묻지 않았으며 그렇게 할 마음도 전혀 없다는 생각이 떠올랐던 것이다. 그리고 그녀는 그 마지못한 태도의 이유를 잘 알면서 스스로 묻고 있었다. 모든 경우의 수를 따져볼 때 묻지 않는 것이 가장 현명한 거 아니겠어? 만일 클레어의 앞날이 그녀 자신과 주변 사람들 모두가 의심했던 것과 비슷하게 흘러갔다면, 지난 십이 년을 어떻게 보냈는지 물어보는 것 자체를 잊어버린 척하는 게 더 낫지 않겠어?

만약에? 그녀를 불편하게 하는 것은 그 '만약'이었다. 겉으로 드러난 일들과 가십에도 불구하고 모든 것이 단순하고 정직하게 설명될 수 있었는지도 모른다. 정말 그럴 수도 있다. 보이는 게 때로 사실과 다르기도 하다는 것쯤은 이제 그녀도 안다. 그리고 클레어가 그렇지 않았다면, 그래, 만일 그들이 모두 틀렸다면, 그녀는 클레어에게 그동안 무슨 일이 있었는지 관심을 보였어야만 했다. 그렇지 않으면 이상하고 건방져 보일 것이다. 그러나 그녀가 어찌 알겠는가. 알 도리가 없다고 판단을 내렸다. 그래서 다시 이렇게 말할 뿐이었다. "난 가야 해, 클레어."

"제발, 이렇게 금방은 안 돼, 르네." 클레어는 움직이지 않고 애원했다.

아이린은 생각했다. '얘는 정말이지 너무 근사해 보여. 놀랄 일이 아니야, 얘가…….'

"르네, 이제야 널 찾았으니 자주 보았으면 해. 우린 적어도 한 달은 여기 있을 거야. 잭이 사업차 왔거든. 참, 잭은 내 남편이야. 딱하지, 이 무더위 속에. 끔찍하지 않니? 오늘 밤 우리 집에 저녁 먹으러 안 올래?" 그런 뒤 그녀는 아이린에게 기묘하게 곁눈질을 했다. 마치 상대방의 비밀스런 생각을 다 들여다본 뒤 조롱하는 듯한 교활하고도 아이로니컬한 미소가 그녀의 도톰한 붉은 입술 위로 번져 갔다.

아이린은 짧은 숨이 차오르는 것을 느꼈지만 지금 이 기분이 안도감인지 분노인지 알 수 없었다. 그녀는 서둘러 말했다. "미안해, 클레어. 저녁 식사와 브리지 게임으로 약속이 꽉 차 있어. 정말 미안해."

"그럼 내일 차 마시러 와." 클레어는 포기하지 않았다. "마저리, 그 앤 지금 열 살이야. 그리고 잭도 만날 수 있을 거야. 그가 약속이나 다른 볼일이 없으면 말이야."

아이린은 작은 소리로 어색하게 웃었다. 그녀는 내일도 선약이 있는데 클레어가 믿지 않을까 봐 두려웠다. 이제는 돌연 그 가능성이 그녀를 불안하게 했다. 공연히 죄책감을 느낀 것에 짜증이 나서 그녀는 차를 마실 수도 없고 점심이나 저녁 식사를 할 시간도 없다고 설명했다.

"그 다음날은 금요일인데 주말에 어디 가야 되거든. 아이들와일드[3] 알지? 지금 아주 유행이야." 그러다 그녀가 불현듯 좋은 생각을 해 냈다.

"클레어." 그녀가 외쳤다. "너 나랑 같이 안 갈래? 우리가 가는 숙소야 만실이기는 할 거야. 짐의 아내는 정말이지 온갖 괴상한 사람들을 불러 모으는 데 소질이 있거든. 그래도 언제든 방 하나 정도는 더 마련할 수 있어. 클레어, 거기서 다들 만날 수 있을 거야."

초대하는 바로 그 순간 그녀는 후회했다. 이렇게 어리석고 바보 같은 충동에 휘말리다니! 그녀는 자신이 해야할 끝도 없는 설명을 생각하며, 클레어를 향한 호기심으로 수군거리고 눈썹을 치켜 뜰 사람들을 생각하며 마음속으로 신음했다. 그것은 자신이 속물이기 때문도, 흑인 사회가 사소한 제약들과 차별을 앞세워 울타리 치는 것을 유난히 좋아하기 때문도 아니라고 스스로 변명했다. 그것은 그녀의 손님으로 아이들와일드에 온 클레어 켄드리의

---

3 미시간 주 레이크 카운티에 있는 흑인 전용 휴양지로, 1920년대 흑인 중산층이 가장 선호하던 곳이다.

존재가 그녀 자신에게 가져다줄 심각한 악평에 대한 뿌리 깊고 본능적인 혐오감 때문이었다. 그런데 지금 그녀는 어처구니없고 전혀 이해할 수 없게도 그곳에 클레어를 초대하고 있는 것이다.

그러나 클레어는 고개를 저었다. "정말 가고 싶어, 르네." 그녀는 약간 슬프게 말했다. "그것만큼 내가 하고 싶은 게 어디 있겠니. 그러나 할 수 없어. 해서는 안 돼."

검은 눈이 반짝였고 허스키한 음성은 떨리는 듯했다. "그리고 믿어 줘, 르네. 초대해 줘서 고마워. 내가 가면 너에게 어떤 일이 생길지 내가 아무것도 모른다고 생각하지 마. 네가 여전히 그런 일들에 신경 쓴다면 말이야."

그녀의 눈과 목소리에서 눈물 흔적은 사라졌다. 그 여자의 얼굴을 주시하며 아이린 레드필드는 그것이 상아색 가면일 뿐 그 뒤에 경멸 섞인 흥미가 스며 있다는 사실에 기분이 상했다. 그녀는 클레어 너머 멀리 있는 벽을 바라보았다. 그래, 클레어가 나에게 그런 표정을 짓는 것도 당연하지. 나 스스로 인정하듯 안도감을 느꼈으니까. 클레어가 암시한 바로 그 이유 때문에. 그러나 클레어가 그녀의 불편함을 짐작했다고 해서 안도감이 수그러들지는 않왔다. 그녀는 위선으로 보일 수도 있는 감정을 들킨 것에 짜증이 났지만, 그뿐이었다.

웨이터가 클레어의 거스름돈을 가지고 왔다. 아이린은 바로 가야 한다고 스스로를 재촉했다. 그러나 그녀는 일어나지 않았다.

사실인즉 그녀는 호기심을 느꼈다. 클레어 켄드리에게 묻고 싶은 것들이 있었다. 그녀는 '패싱'[4]이라는 이 복잡하고 골치 아픈 일에 대해, 익숙하고 정다운 것들과 모두 단절한 채 아주 낯설지는 않을지라도 분명 아주 우호적이지는 않은 다른 환경에서 승부를 거는 이 위태로운 문제에 대해 알고 싶었다. 예를 들어 자신의 출신 배경에 대해서는 어떻게 처신하는지, 자신에 대해 어떻게 설명하는지, 또 다른 흑인들과 접촉할 때 그녀는 어떻게 느끼는지. 그러나 그녀는 물을 수 없었다. 질문의 맥락에 있어서나 묻는 말에 있어서 건방지지 않으면서도 너무 노골적으로 호기심을 드러내지 않는 그런 질문을 한 가지도 생각해 낼 수 없었기 때문이다.

4　passing. 백인 행세를 한다는 뜻.

마치 그녀의 호기심과 망설임을 알고 있다는 듯, 클레어는 생각에 잠겨 말했다. "있잖아, 르네. 난 늘 궁금했어. 더 많은 흑인 여자애들, 너나 마거릿 해머, 에스터 도슨과 같은 애들이 왜 절대로 백인 행세를 안 하는지 말이야. 그건 정말 엄청나게 쉬운 일이거든. 그럴 수 있는 유형에 속할 경우 약간의 용기만 있으면 되거든."

"배경은 어떻게 하고? 내 말은, 가족 말이야. 네가 그냥 하늘에서 뚝 떨어진 셈 치고 다른 사람들이 두 팔을 벌려 널 받아들이기만 바랄 수는 없잖아, 안 그래?"

"거의 그렇다고 할 수 있어." 클레어는 단언했다. "르네, 그 일이 우리들보다 백인들한테 얼마나 잘 먹히는지 알면 놀랄 거야. 그들의 수가 훨씬 더 많기 때문이기도 하고, 어쩌면 그들은 안전지대에 있으니까 깊게 상관하지 않는 것일 수도 있고. 어떤 건지 잘 모르겠어."

아이린은 믿을 수 없었다. "네가 어디 출신인지 설명할 필요가 없었다는 소리야? 불가능한 일 같은데."

클레어는 들뜬 감정을 억누르며 맞은편에 앉은 아이린을 바라보았다. "사실 난 굳이 설명하지 않았어. 다른 상황에서라면 나 자신을 설명하기 위해 그럴듯한 이야기를 꾸며 냈어야 했는지도 모르지만 말이야. 난 분명 상상력이 풍부하니까 아주 그럴듯하고 믿을 만하게 얘기했을 거야. 하지만 별로 그럴 필요가 없었어. 나에겐 어떤 상황, 어떤 사람들에게도 충분히 출신을 댈 수 있고 또 존경받을 만한 우리 고모할머니들이 있었으니까."

"아, 그분들도 백인 행세를 했구나."

"아니. 그렇지 않아. 그분들은 백인이야."

"아!" 다음 순간 아이린은 언젠가 이 일에 관해 들은 적이 있다는 사실이 떠올랐다. 그녀의 아버지, 아니 어머니에게서 들었을 것이다. 그 노인들은 밥 켄드리의 고모들이었다. 그들의 남동생이 흑인 여자와 결혼을 했고, 그 사이에서 난 아들이 밥 켄드리였던 것이다. 인정받지 못한 아들.

"좋은 노인네들이었어." 클레어가 설명했다. "대단히 신앙심이 깊었고 끔찍하게 가난했어. 그들이 애지중지하던 남동생, 우리 할아버지가 얼마 안 되는 자기 몫을 써 버린 뒤 누나들의 동전 한 푼까지 바닥냈거든."

클레어는 말을 멈추고 다시 담배에 불을 붙였다. 그녀의 미소와 표정에 희미한 원망이 어려 있는 것이 보였다.

"독실한 기독교신자들이라서." 그녀는 말을 이었다.

"아버지가 그런 식으로 돌아가시고 난 다음에 그분들은 의무감에서 나에게 거처 같은 것을 마련해 준 거지. 그건 사실이야. 난 온갖 집안일과 빨래를 도맡아 하면서 밥값을 하도록 되어 있었어. 그러나 르네, 알겠니? 그들이 아니었다면 난 집 없는 아이가 됐을 거라는 걸?"

알겠다고, 이해하겠다고 아이린은 고개를 끄덕이며 작게 중얼거렸다.

클레어는 짓궂게 얼굴을 약간 찡그리더니 말을 이어 갔다. "게다가 노인네들이 자기들 딴에는 힘든 노동이 나에게 도움이 될 거라고 생각했어. 나에겐 흑인 피가 섞여 있었고 그들은 '흑인도 일을 할 것인가'라는 제목의 긴 논문들을 읽고 썼던 세대에 속했거든. 또한 그들은 선한 하나님이 함의 아들딸들에게 땀 흘려 일하도록 만드신 게 함이 아버지 노아가 술에 잔뜩 취했을 때 장난을 쳤기 때문이라고 아주 확신했으니까.[5] 그 늙은 주정뱅이가 함과

---

5 함(Ham)은 아버지 노아에게 불경한 죄로 그의 자식들이 그 사촌들의 노예가 되는 벌을 받았는데, 미국의 노예 제도 지지자들이 이 성경의 설명을 아프리카인들에게 적용하여 노예 제도를 정당화하려는 근거로 삼았다.

그의 아들들을 영원히 저주했다고 고모할머니들이 말했던 것을 난 기억해."

아이린은 웃었다. 그러나 클레어는 여전히 아주 진지했다.

"그건 농담이 아니었어. 정말이야, 르네. 열여섯 살 소녀가 감당하기에는 힘든 삶이었지. 그래도 난 머리 위에 지붕도 있고 음식과 옷도 있었어. 비록 가난했지만 말이야. 그리고 성경이 있었지. 도덕과 검약, 부지런함 그리고 선한 주님의 사랑과 친절에 관한 이야기들도."

"클레어, 한 번도 생각해 본 적 없니?" 아이린은 물었다. "그 주님의 사랑과 친절 때문에 얼마나 많은 불행과 더할 수 없이 잔인한 일들이 생기는지 말이야. 그것도 언제나 예수의 가장 열렬한 신봉자들 때문에."

"생각해 본 적이 없냐고?" 클레어가 소리쳤다. "바로 그게, 그 사람들이 오늘의 나를 만든 거야. 내가 도망가기로 결심했거든. 동정의 대상도 골칫거리도 아니라, 심지어 불량한 함의 딸도 아니라, 그냥 한 사람으로 살려고 말이야. 그리고 난 정말 많은 것들을 욕심냈어. 내 외모가 나쁘지 않고, 충분히 백인으로 보일 수 있다는 것을 알았으니까. 르네, 넌 모를 거야. 내가 남쪽 지역을 방문할 때마다 얼마나 너희를 증오했는지. 너희는 내가 원했지만 한 번도 가져보지 못한 것들을 다 가지고 있었어. 그래서 나는 너희들이 가진 것과 그 이상을 손에 넣기로 결심했지. 내가 느꼈던 것을 너 이해하겠니, 이해할 수 있니?"

그녀는 호소하듯 아주 적절한 순간에 고개를 들어 아이린의 공감 어린 표정에서 충분한 응답을 발견하고는 말을 계속했다. "고모할머니들은 이상했어. 성경이며 기도며 정직에 대한 온갖 이야기들에도 불구하고 그들은 사랑하는 남동생이 흑인 여자애를 유혹했다는 것을, 그들 말을 빌리자면, 파멸시켰다는 것을 누구도 알기 원치 않았어. 그들은 파멸은 변명할 수 있어도 흑인의 피는 용서할 수 없었던 거야. 이웃에도 철저히 비밀로 했어. 심지어 내게 남쪽 지역은 얘기도 못 꺼내게 했고. 물론 난 말하지 않았지. 하지만 그들의 그런 행동은 결과적으로 나에게 도움이 됐어. 하지만 노인네들은 나중에 후회했을 거라고 확신해."

그녀가 웃었다. 종소리 같은 웃음 속에는 단단한 금속음이 들어 있었다. "멀리 벗어날 기회가 왔을 때 그런 말들을 단속시켰던 게 나에게는 아주 유리하게 돌아갔거든. 이웃사람들 중에 학교 다닐 때 잭을 알고 지낸 사람이 몇 있었는데 그가 남아메리카에서 엄청난 재산을 모아 나타났을 때 그에게 내가 흑인이라고 떠벌릴 사람은 아무도 없었어. 그레이스 할머니와 에드나 할머니가 얼마나 신앙심이 깊고 엄격한지에 대해 말할 사람들이야 많았지. 나머지는 네가 짐작할 수 있겠지. 그가 온 뒤 나는 그때부터 남쪽 지역으로 몰래 빠져 나가는 대신 그를 몰래 만나러 나갔어. 두 가지 다 해 낼 수야 없었으니까. 고모할머니들에게 결혼 이야기를 해 봤자 소용없다고 잭을 설득하는 건 전혀 어렵지 않았어. 그래서 내가 열여덟 살이 되는 날, 우리는 떠났고 결혼을 했지. 그렇게 된 거야. 그보다 더 쉬운 일은 없었어."

"그래, 너에게는 그게 쉬운 일이었다는 걸 알겠다. 그런데 말이야! 왜 할머니들이 네가 결혼했다는 말을 우리 아버지에게 하지 않았는지 이상하구나. 네가 더 이상 우리를 보러 오지 않았을 때 아버지가 네 행방을 수소문하러 가신 적이 있거든. 그들이 말 안 해 준 게 확실해. 네가 결혼했다는 말은 없었어."

클레어 켄드리의 두 눈은 눈물로 반짝였다. "세상에, 너무 감사하다! 그렇게 나를 걱정해 주셨구나. 고맙고 사랑스러운 분! 그런데 할머니들도 아는 게 없어서 말해 줄 수 없었던 거야. 왜냐하면 그들이 그 양심 때문에 자기들이 만든 금기도 깨뜨릴까 봐 내가 늘 말을 조심했거든. 그 노인네들은 아마도 내가 어디에 있건 죄악 속에서 살고 있다고 생각했을 거야. 그걸 기대했을 테고."

아주 잠깐 재미있어 하는 미소가 그녀의 사랑스러운 얼굴을 환하게 밝혔다. 얼마간의 침묵 뒤에 그녀가 진지하게 말했다. "하지만 할머니들이 네 아버지에게 그랬다니 유감이야. 그건 미처 생각하지 못했어."

"할머니들이 진짜 그랬는지는 나도 잘 몰라. 어쨌든 아버지는 그런 말 없었으니까."

"알았어도 그런 말을 했을 분이 아니지, 르네, 너희 아버지는."

"고마워. 나도 아버지가 그럴 분이 아니라고 확신해."

"그런데 넌 내 질문에 대해 대답을 안 했어. 솔직하게 말해 봐. 한 번도 백인 행세할 생각 안 해 봤어?"

아이린은 즉시 대답했다. "아니. 내가 왜?" 그녀의 목소리와 태도가 너무 경멸적이어서 클레어의 얼굴은 달아올랐고 눈은 번쩍였다. 아이린은 서둘러 덧붙였다. "있잖아, 클레어. 난 원하는 것은 다 가지고 있어. 글쎄, 돈이 좀 더 많았으면 하는 것 빼고는 말이야."

그 말에 클레어가 웃었고 번득이던 분노는 갑자기 나타난 만큼 빠르게 사라졌다. "그렇지." 그녀가 단언했다. "그거야 다들 원하는 거지. 좀 더 많이 버는 거. 돈이 많은 사람들조차 그래. 그리고 난 절대 그들을 비난하지 않아. 돈이 많은 건 정말로 좋은 거야. 사실 모든 것을 따져 볼 때, 르네, 내 생각에 돈이야말로 모든 것을 감수하고라도 가져 볼 만한 가치가 있다고."

아이린은 어깨를 으쓱할 뿐이었다. 이성적으로는 어느 정도 동의했지만 그녀의 본능은 전적으로 저항하고 있었다. 왜 그런지는 말할 수 없었다. 서둘러 떠나지 않으면 저녁 약속에 늦을 거라는 걸 알고 있으면서도 그녀는 여전히 머뭇거렸다. 테이블 맞은편에 앉아 있는 여자, 그녀가 알았던 소녀, 그리고 상당히 위험하고 끔찍한 짓을 성공적으로 해 냈으며 스스로 대단히 만족한다고 말하는 그 여자가 아이린 레드필드에게는 거부할 수 없을 만큼 이상하게 매력적이었다.

클레어 켄드리는 여전히 등받이가 높은 의자에 기대 앉아 있었다. 무늬 새겨진 의자 등받이에 그녀의 어깨가 비스듬히 닿아 있었고 마치 원하는 대로 포즈를 취한 듯 확신에 찬 그러나 무심해 보이는 자세였다. 그녀에게는 예의 바르면서도 오만한 분위기가 어렴풋이 배어 있었는데 그것은 그런 분위기를 타고난 소수의 여자들이나 부와 유명세를 거머쥔 여자들에게나 허락되는 것이었다.

하지만 클레어가 백인 행세를 하면서 그런 분위기를 갖게 된 것은 아니라는 생각이 아이린에게 순간 확실한 만족감을 주었다. 그녀는 언제나 그런 태도가 몸에 배어 있었다.

그녀가 언제나 그 옅은 금발머리를 가지고 있는 것처럼. 여전히 길이를 유지하고 있는 그 금발머리는 넓은 이마 뒤로 느슨하게 빗어 넘겨진 채 한쪽은 작고 결이 고운 모자에 가려져 있었다. 눈부신 선홍색으로 칠해진 그 여자의 입술은 달콤하고 섬세하고 약간 고집스럽게 보였다. 유혹적인 입이었다. 이마와 두 뺨, 얼굴은 약간 넓적했으나 상아색 피부는 독특한 광채를 띠었고 특히 두 눈이 아름다웠다. 때때로 완전히 검은색이 되기도 하는 다갈색 두 눈은 쉴 새 없이 반짝거리며 길고 검은 속눈썹 속에 자리하고 있었다. 천천히 최면을 걸 듯 사로잡는 두 눈, 그 눈이 전체적으로 품고 있는 따뜻함에도 불구하고 그 안에는 숨겨진 무언가가 있었다.

그래, 그것은 흑인의 눈이었다! 신비스럽고도 무엇인가를 감추는. 저 금발머리 아래 저 상아색 얼굴에 박힌 눈에는 이국적인 무언가가 있었다.

그랬다, 클레어 켄드리의 아름다움은 그녀의 할머니가, 그리고 그 후에는 그녀의 어머니와 아버지가 그녀에게 물려 준 저 눈 때문에 도전을 허락하지 않는 완벽한 것이 되었다.

그 눈가에 미소가 떠오르자 아이린은 자신을 토닥거리고 쓰다듬어 주는 느낌을 받았다. 그녀도 따라 웃었다.

"어쩌면……." 클레어가 제안했다. "거기서 돌아오면 월요일에 올 수 있잖아. 혹시 그때까지 못 돌아오면, 화요일에 와도 되고."

안타까운 듯 작은 한숨을 쉬며 아이린은 자기가 월요일까지 못 돌아올까 봐 걱정이라는 것, 화요일에는 할 일이 너무 많다는 것, 그리고 수요일에 떠난다는 것을 클레어에게 알려 주었다. 하지만 화요일에 어떻게 해 볼 수 있을지도 몰랐다.

"아, 그렇게 해 봐. 다른 약속을 미뤄. 그 사람들은 너를 언제든지 볼 수 있잖아. 나는, 그래, 나는 너를 다시는 못 볼 수도 있잖아! 생각해 봐, 르네. 넌 와야 돼. 하여간에 와야 해! 안 오면 널 절대 용서하지 않을 거야."

그 순간 아이린은 클레어를 다시는 못 본다고 생각하니 끔찍한 기분이 들었다. 호소하고 어루만지는 듯한 그녀의 눈빛 아래서 아이린은 오늘이 마지막이 되지 않게 하고 싶다는 욕망을, 소망을 느꼈다.

"그렇게 해 볼게, 클레어." 그녀는 순순히 약속했다. 내가 전화할게. 아니면 네가 할래?"

"내가 너에게 전화하는 게 좋을 것 같아. 네 아버지 성함이 아직 전화번호부에 있더라. 주소도 똑같고. 6418. 기억력 좋지? 자, 잊지 마. 난 너를 기다릴 거야. 넌 와야 돼."

다시 그녀 특유의 부드러운 미소가 떠올랐다.

"최선을 다할게, 클레어."

아이린이 장갑과 핸드백을 챙겨들고 자리에서 일어

섰다. 그녀가 손을 내밀었다. 클레어가 손을 잡고 놓지 않았다.

"클레어, 다시 만나 반가웠어. 아버지가 네 얘기를 들으면 얼마나 기뻐하고 반가워하실지!"

"그럼, 화요일에 봐." 클레어 켄드리가 대답했다. "난 지금부터 매 순간 널 다시 만나는 것만 기대하면서 지낼 거야. 잘 가. 아버지께 안부 전해 줘. 이 키스는 너희 아버지에게 드리는 거야."

태양은 중천을 지났지만 거리는 여전히 맹렬하게 타는 화로 같았다. 나른한 산들바람은 여전히 무더웠다. 황급히 걸어가는 사람들은 아이린이 그들을 피해 달아나기 전보다 더 지쳐 보였다.

클레어 켄드리의 유혹적인 미소에서 벗어나 드레이튼 호텔 꼭대기의 서늘함과는 너무도 거리가 먼 열기 속에서 길을 건너는 동안 아이린은 자신을 만나 너무나 기뻐하는 클레어를 보며 들떴고 약간은 우쭐하기도 했다는 사실에 짜증을 느끼고 있었다.

땀을 흘리며 집으로 돌아가면서 짜증은 심해졌고 그

녀는 자신이 무엇에 홀려서 얼마 남지 않은 그 바쁜 여행 일정 중에 시간을 내어 그녀와 또 한번 오후를 보내기로 약속했는지 의아해지기 시작했다. 자신과 그토록 확실하게 의도적으로 분리된 삶을 살고 있고, 이미 지적했듯이 두 번 다시 못 볼지도 모르는 그 여자.

도대체 그녀는 어쩌자고 그런 약속을 했을까?

아이린은 그날 오후의 만남에 대해 아버지가 얼마나 재미있어 할지 생각하며 아버지의 집 층계를 올라갔다. 그때 클레어가 남편의 성을 언급하지 않은 것이 떠올랐다. 그녀는 자기 남편을 잭이라고 했다. 그게 전부였다. 아이린은 궁금해졌다. 일부러 그랬나?

클레어가 그녀와 통화하려면 전화기를 집어 들거나 자기가 방문했다는 카드를 남기거나 택시를 타면 될 것이었다. 그러나 그녀 자신은 클레어에게 연락할 방법이 없었다. 클레어에게 연락할 수 있는 사람은 아무도 없었다. 그들이 만났다는 소식을 그녀에게 들을 사람들조차도.

"내가 꼭 그래야 하는 것도 아니잖아!"

아이린은 열쇠로 문을 열고 안으로 들어갔다. 아버지는 아직 들어오지 않은 듯했다.

어쨌거나 그녀는 아버지에게 클레어 켄드리에 관해 아무 말도 하지 않으리라 작정했다. 그녀는 자신의 의리나 신중함을 그렇게 하찮게 여기는 사람에 대해 말하고 싶지 않다고 중얼거렸다. 그리고 물론 화요일의 만남을 위해 손톱만 한 노력을 할 의지도 의사도 없었다. 그 일에 관한 한 다른 날도 마찬가지였다.

클레어 켄드리와는 끝이었다.

셋

화요일 아침 바싹 탄 도시 위로 둥그스름한 회색 하늘이 솟았다. 하지만 숨 막힐 듯 답답한 공기는 비를 머금은 은색 안개가 드리운 후에도 좀처럼 물러가지 않았다. 결국 비는 오지 않았다.

이 녹녹하고 어딘가 불길한 안개는 아이린 레드필드에게 그날 오후 클레어 켄드리를 만나러 가지 않을 또 다른 이유가 되었다.

그러나 아이린은 그녀를 만났다.

전화가, 몇 시간 동안 전화가 미친 듯이 울려 댔던 것이다. 9시 이후로 그녀는 계속 그 집요한 전화벨을 듣고 있었다. 처음에는 마음을 굳게 먹고 단호하게 말했다. "부재중이라고 해 줘요, 리자. 메시지를 받아 둬요." 그때마다 가정부는 다시 와서 말했다. "같은 분이세요, 사모님. 다시 걸겠다고 하십니다."

하지만 정오가 되고 리자가 또다시 부재중이라고 전하기 위해 자리를 떴을 때 그녀의 흑단색 얼굴에 나타난 원망하는 듯한 표정 때문에 아이린은 신경이 곤두서고 양심이 찔렸다. 그녀는 마음이 약해졌다.

"아, 됐어요. 내가 받을게, 리자."

"또 그 분이에요."

"여보세요…… 네."

"클레어야, 르네…… 어디 갔었니? 우리 집에 4시쯤 올 수 있니? 뭐라고? …… 하지만 르네, 약속했잖아! 잠깐이면 돼…… 마음만 먹으면 올 수 있는 거 아니니…… 너무 실망이야. 널 본다고 기대하고 있었는데 …… 제발 와 줘. 잠깐 동안만이라도. 잠깐 짬은 낼 수 있잖아…… 오래

있으라고 안 할게…… 그래…… 기다리고 있을게…… 모
건 호텔이야…… 아 그래, 벨루, 존 벨루 부인…… 4시경
에. 그럼…… 널 만나면 너무 행복할 거야……! 안녕."

"젠장!"

아이린은 수화기를 쾅 소리 나게 내려 놓았고 스스로
에게 한심한 생각이 들었다. 그녀는 또 같은 짓을 했다. 클
레어 켄드리의 설득에 넘어가, 시간도 아깝고 딱히 하고 싶
지도 않은 일을 하게 된 것이다. 클레어의 목소리에 담긴,
그토록 호소력 있고 그토록 유혹적인 그것은 무엇일까.

클레어는 홀에서 키스로 그녀를 맞이했다. 그리고 말
했다. "와 줘서 고마워, 르네. 하긴 넌 언제나 나에게 친절
했어." 그녀의 매력적인 미소를 보자 아이린의 짜증이 다
소 누그러들었다. 여기에 와서 조금은 기쁘기까지 했다.
클레어가 가벼운 발걸음으로 앞장서더니 문이 약간 열려
있는 룸으로 안내했다. "놀랄 거야. 진짜 파티거든."

아이린은 넓고 천장이 높은 거실에 들어섰다. 창가에
는 아주 선명한 푸른색 커튼이 걸려 있었는데 진한 초콜
릿색의 가구보다 훨씬 시선을 끌었다. 그리고 클레어는
같은 하늘하늘한 푸른빛의 물결치는 얇은 드레스를 입고

있었다. 드레스는 클레어뿐만 아니라 약간 난해해 보이는 그 방 인테리어에도 더할 나위 없이 잘 어울렸다.

방 안에 아무도 없다고 생각한 아이린이 고개를 돌렸을 때 아주 커다란 소파 위 쿠션에 깊게 파묻힌 여자가 그녀를 응시하고 있었다. 그 여자는 아이린을 뚫어지게 쳐다보느라 치켜 올라간 눈꺼풀이 마비된 듯 일그러져 있었다. 처음에 아이린은 그녀를 알아보지 못했지만 이내 냉정하고 거의 불쾌한 목소리로 인사를 건넸다. "어머, 어떻게 지냈어, 거트루드?"

여자는 고개를 끄덕이며 입술을 삐죽 내밀고 억지 미소를 보였다.

"난 잘 지내." 여자는 대답했다. "그런데 아이린, 넌 그대로다. 하나도 안 변했어."

"고마워." 아이린이 자리에 앉으며 대답했다. 그녀는 생각했다. '세상에! 이 둘이……'

거트루드의 남편도 백인이었다. 엄밀하게 말해 그녀가 백인 행세를 한 건 아니지만. 그 여자의 남편, 이름이 뭐였더라, 그 남자는 거트루드와 같은 학교에 다녔고 그의 가족과 친구들 역시 여자친구가 흑인이라는 것을 아주 잘 알고 있었다. 아이린이 알기로 그는 그 사실을 별로 개의치 않았던 것 같다. 지금도 그럴까? 궁금했다. 프레드, 그래, 프레드 마틴은 그녀가 흑인이라서, 아내의 인종 때문에 결혼을 후회한 적이 한 번도 없을까? 거트루드는?

거트루드 쪽을 향해 그녀가 물었다. "그래, 프레드는 어떻게 지내? 본 지가 언젠지 까마득하네."

"잘 지내고말고." 간단한 대답이었다.

그들은 한참 동안 아무 말도 하지 않았다. 드디어 질식할 듯한 침묵을 뚫고 클레어의 목소리가 유쾌하게, 자연스럽게 끼어들었다. "얘들아, 얼른 차 한잔 하자. 르네, 네가 오래 못 있는 거 알아. 그리고 네가 마저리를 못 봐서 정말 유감이야. 주말에 잭의 친척들을 보러 밀워키 바로 위에 있는 호수 쪽에 갔었거든. 마저리가 남아서 애들이랑 더 놀겠다고 하지 뭐야. 도저히 못 말리겠더라. 더구나 시내가 이렇게까지 찜통이니 말이야. 하지만 잭은 곧 올 거야."

아이린이 짧게 말했다. "그래."

거트루드는 말없이 앉아 있었다. 약간 불쾌한 게 분명했다. 그리고 거트루드의 존재가 아이린을 당황하게 만든 것도 사실이었다. 그녀는 순간 설명할 길 없이 방어적이고 원망스러운 감정을 느꼈다. 그런데 아이린이 생각하기에, 지금 백인으로 살고 있는 클레어가 백인과 결혼한 흑인인 거트루드를 초대한 것은 조금 이상했다. 하기야 클레어는 알 도리가 없었을 것이다. 십이 년 만에 만난 것일 테니.

아이린은 나중에 곰곰이 생각해 보고 나서야 그때 자신이 느낀 당혹감이 자신의 계층과 인종을 고수하는 데 있어 수적으로 열세라는 생각, 혼자라는 느낌에서 비롯했다는 것을 마지못해 인정했다. 결혼이라는 중대사뿐 아니라 그녀 삶의 전반적인 양상에서 그랬다.

클레어는 다시, 이번에는 길게 말을 이었다. 오랫동안 유럽의 도시에 살다 온 사람의 눈에 시카고가 얼마나 많이 바뀌었는지에 대한 얘기였다. 그랬다. 그녀는 거트루드가 던진 질문에 답하면서 자신이 미국에 한두 번 오긴 했지만 뉴욕이나 필라델피아까지였고 한번은 워싱턴에서 며칠을 보냈을 뿐이라고 말했다. 국제 금융 에이전시에 다니는 듯한 그녀의 남편 존 벨루는 아내가 이번 일정에 동행하는 것을 특별히 달가워하지 않은 듯했지만, 일정에 시카고가 포함되어 있음을 알게 된 클레어가 무조건 함께 오기로 작정했다는 것이었다.

"어쨌든 난 와야 했어. 일단 여기 와서 내가 아는 사람들을 만나고 다들 어떻게 살고 있는지 알아보고 싶었거든. 어떻게 수소문해야 할지는 몰라도 아무튼 그럴 생각이었어. 어떤 식으로든지. 일단 시도해 보기로 하고 우선 르네, 너의 집으로 찾아가거나 전화를 할 참이었어. 그때 널 정말 우연히 만난 거야. 정말 운이 좋았어!"

아이린은 운이 좋았다는 데 동의했다. "내가 친정집에 온 게 오 년 만이고 그리고 막 떠나려던 참이었거든. 응, 일주일만 늦었어도 여기 없었을 거야. 그런데 세상에, 거트루드는 어떻게 찾아냈니?"

"전화번호부에서. 프레드가 기억났거든. 프레드 아버지가 아직 정육점을 하시잖니."

"아, 맞아." 그제야 생각이 난 듯 아이린이 맞장구를 쳤다. "코티지 그로브가(街) 쪽이지. 그 근처에……."

거트루드가 끼어들었다. "아냐. 이사했어. 지금은 메릴랜드가, 그러니까 옛날에 잭슨가였던 거기에 있어. 63번가 근처지. 그리고 정육점은 프레드 소유야. 그이 이름이 아버님 이름과 같거든."

거트루드가 정육점 주인의 아내처럼 보인다고 아이린은 생각했다. 고등학교 시절 그렇게나 모두의 부러움을 샀던 그 애의 어여쁜 생기는 사라진 채 흔적도 없었다. 몸집이 불어서 뚱뚱하다고 할 수 있을 정도였고 크고 흰 얼굴에 주름은 없었지만 아무튼 일찍 늙은 편이었다. 그녀의 검은 머리는 짧게 잘려 있었고 그동안 무슨 일이 있었는지 탱탱하던 곱슬도 다 사라져 버렸다. 그녀가 입고 있는 조젯 크레이프 소재의 드레스는 수선을 많이 한 탓에 너무 짧아져 야한 장밋빛이 도는 싸구려 살색 스타킹이 굵은 다리 위로 흰하게 드러났다. 그녀의 살찐 두 손엔 매니큐어를 새로 바른 듯했으나 급히 발랐는지 말끔하지 않았다. 그리고 그녀는 담배를 피우지 않았다.

클레어가 말했다. 그녀의 허스키한 목소리가 약간 날카롭게 들렸다. "르네, 네가 오기 전에 거트루드가 두 아들 얘기를 한창 하던 중이었어. 쌍둥이래. 생각해 봐! 너무 근사하지 않니?"

아이린은 두 뺨이 달아오르는 것을 느꼈다. 무섭다. 클레어가 다른 사람이 무슨 생각을 하는지 알아내는 방식이라니. 그녀는 약간 당황했지만 천연덕스럽게 받았다. "대단하다! 나도 아들만 둘이야, 거트루드. 쌍둥이는 아니지만. 클레어가 좀 뒤처지는 것 같네, 그렇지?"

그러나 거트루드는 클레어가 제일 복 받은 거라고 힘주어 말했다. "딸이잖아. 난 딸을 원했어. 프레드도 그랬고."

"그건 좀 의외인데?" 아이린이 말했다. "대부분 남자들은 아들을 원하지 않나. 일종의 이기주의라고 할 수 있지."

"글쎄, 프레드는 그렇지 않았어."

찻잔과 쟁반 들이 클레어 옆에 있는 낮은 테이블 위에 놓였다. 그녀는 조심스럽게 기다란 유리 피처를 들어 세련된 긴 잔에 진한 호박색 음료를 따라 주었다. 그리고 손님들에게 레몬이나 크림, 그리고 작은 샌드위치나 케이크를 권했다.

클레어가 잔을 들고 말했다. "그래, 난 아들이 없어. 그리고 아들을 갖지도 않을 거야. 무서워. 마저리가 태어나기 전에도 아홉 달 내내 공포에 질려 죽는 줄 알았어. 딸애의 피부가 검을까 봐 두려웠거든. 다행히 괜찮았지만 말이야. 하지만 다시는 그런 모험은 안 할 거야. 절대로! 그때 그 기분은 한마디로 너무나, 정말 너무나 지옥 같아."

거트루드 마틴은 전적으로 동감하며 고개를 끄덕였다.

이번에는 아이린이 아무 말도 하지 않았다.

"아, 말도 마!" 거트루드는 맹렬하게 말했다. "그 안도감이 뭔지 알아. 나도 너처럼 죽을 것같이 무서웠다는 거알지? 프레드는 나더러 바보 같다고 했고 시어머니도 그랬어. 두 사람은 내가 임신한 탓에 머릿속에 쓸데없는 생각이 자리 잡은 거라 했지. 그러니까 백인들은 우리가 아는 것처럼 자세히는 몰라. 엄마 아빠의 피부색이 뭐든 간에 어떻게 조상까지 거슬러 올라가서 검은 피부의 아기가태어날 수 있는지."

거트루드의 이마에 땀이 맺혔다. 그녀는 처음에는 클레어에게로 그 다음에는 아이린 쪽으로 가느다란 눈을 굴렸다. 그녀는 말하면서 살찐 두 손을 휘저었다.

"아냐." 그녀는 계속했다. "나도 더 이상은 안 돼. 딸이라 할지라도. 세대를 건너 튀어나오는 거, 끔찍해. 그래, 프레드는 정말로 아기의 피부색이 어떻든 상관없다고 했어. 내가 걱정만 하지 않는다면 말이야. 하지만 물론, 아무도 검은 아기를 원하지 않겠지." 그녀의 목소리는 진지했고 모두가 전적으로 동의한다고 믿는 듯했다.

아이린은 작게 경련을 일으키며 고개를 휙 들고 스스로 자랑스럽게 여기는 차분한 어조로 말했다. "우리 아들 하나는 피부가 검어."

거트루드가 총에 맞은 듯 튀어 올랐다. 그녀의 눈알이 희번덕거리고 입이 헤벌어졌다. 그녀는 말을 하려고 했으나 얼른 나오지 않았다. 그러다 겨우 더듬거리며 물었다.

"어머! 그러면 네 남편, 그…… 그 사람 피부도 검은 색이야?"

아이린은 여러 가지 감정들, 원망, 분노, 경멸의 소용돌이와 싸우는 중이면서도 그 무더운 8월 오후 기다란 호박색 유리컵에 담긴 아이스티를 함께 마시고 있는 자신이 그녀들에게 소외감을 느끼지도, 그녀들을 경멸하지도 않는다는 듯 한결같이 침착한 태도로 대답했다. 자기 남편은 감쪽같이 '백인 행세'를 할 수는 없다고 그들에게 조용히 말했던 것이다.

그러자 클레어가 특유의 유혹적이고 위로하는 듯한 미소를 띤 채 조롱기 섞인 어조로 말했다. "난 흑인들, 그러니까 우리가 가끔은 너무 어리석다고 생각해. 아이린도 그렇고 다른 많은 흑인들에게는 전혀 중요한 문제가 아닐 수 있거든. 그러니까 끔찍하게 중요한 문제는 아니라는 거지. 거트루드, 사실 너도 그래. 그런 자연의 변덕이야 나 같은 도망자들에게나 끔찍한 일 아니겠니. 존경하는 우리 아버지가 늘 얘기했잖아. '모든 것은 대가를 치러야만 하는 법'이라고. 자, 얘들아, 클로드 존스에게 도대체 무슨 일이 일어난 건지 말해 줘. 알잖아, 그 키 크고 마른 괴짜. 작은 수염을 우스꽝스럽게 길러서 여자애들이 엄청 웃어 댔잖아. 가느다란 숯검정을 칠한 것 같았지, 그 콧수염 말이야."

그 말에 거트루드가 날카롭게 웃어 댔다. "클로드 존스라!" 그러더니 어떻게 그가 이제 더 이상 흑인도, 기독교인도 아니고 유태인이 되었는지 말하기 시작했다.

"유태인이라고!" 클레어가 외쳤다.

"그래, 유태인. 그래서 자칭 검은 유태인이지. 존스는 햄도 먹지 않고 일요일에는 유태인 회당에 가. 지금은 콧수염뿐만 아니라 수염도 길렀어. 직접 보면 우스워서 죽을 거야. 정말이지 너무 웃겨서 말로 할 수가 없거든. 프레드는 그가 미쳤다고 하는데 내 생각에도 그래. 아, 정말 괴짜야, 전형적인 괴짜!" 그녀는 다시 높은 소리로 말하며 웃었다.

클레어의 웃음소리가 울려 퍼졌다. "그래, 정말 재미있는 것 같아. 뭐, 그렇다 해도 우리가 상관할 바는 아니지. 그렇게 변해서 더 잘 산다면……."

아이린은 내뱉듯 말하고야 말았다. "너나 거트루드는 존스가 진지한 마음으로 종교를 바꾼 것일 수도 있다는 생각은 안 하는구나. 모든 사람이 꼭 이익을 위해서만 행동하는 건 아니야."

클레어 켄드리는 이 말 속에 숨은 뜻을 단박에 알았다. 그녀는 약간 얼굴이 붉어지더니 진지하게 대답했다. "그래, 그럴 수도 있다는 거 인정해. 내 말은, 그가 진지하다는 거 말이야. 미처 생각 못 했어. 그뿐이야." 그러더니 이내 진지함이 조롱으로 변하면서 말했다. "넌 기대했구나. 내가 그렇게 생각할 거라고, 놀랍네. 정말 그랬니?"

"내가 그 질문에 대답할 거라고 생각하는 건 아니지? 지금 여기서 말이야." 아이린이 말했다.

거트루드는 완전히 혼란에 빠졌다. 그러나 두 여자의 얼굴에 잔잔한 미소가 떠오르는 것을 보고 그것이 각자의 의견을 드러내지 않겠다는 사인이라는 사실을 알지 못한 채 함께 따라 웃었다.

클레어는 인종이나 다른 예민한 주제로 연결될 수 있는 어떤 화제도 조심스레 피해 가면서 대화를 이끌기 시작했다. 클레어는 아이린이 아는 한 무거운 분위기를 덜어 내는 데 가장 탁월한 대화 솜씨를 가진 사람 중 하나였다. 그녀는 사랑스럽고 부드러운 억양으로 친구들을 사로잡았다. 그녀의 웃음이 울려 퍼졌다. 소소한 이야기들이 반짝였다.

아이린은 그저 이따금씩 "그래." 또는 "아니."로 거들었다. 거트루드는 "설마."라고 말하는 횟수가 점점 줄어들었다.

한동안 평범한 대화가 오고가는 듯이 보였고, 아이린은 분노가 점점 어쩔 수 없는 무언의 감탄으로 변하는 것을 느꼈다.

클레어는 말을 계속했다. 그 여자의 목소리, 그 여자의 제스처가 전쟁 때의 프랑스에 대해서, 전후 독일에 대해서, 영국 총파업 당시의 흥분 상태에 대해서, 파리에 양장점이 생긴 것에 대해서, 부다페스트의 새로운 활기에 대해서 그녀가 말하는 모든 것들을 생생하게 불러냈다.

그러나 이 무르익은 대화는 계속되지 못했다. 거트루

드가 앉은 자리에서 들썩이며 손가락을 만지작거리기 시작했기 때문이다. 아이린은 신문과 잡지, 그리고 책에서 이미 읽었던 똑같은 이야기들이 너무도 반복되는 것에 지쳐 찻잔을 내려놓고 핸드백과 손수건을 집어 들었다. 장갑을 끼려고 가죽 장갑을 펴기 시작하는데 바깥문이 열리는 소리가 들렸다. 안도하는 표정으로 클레어가 벌떡 일어났다.

"너무 잘됐다! 마침 잭이 왔네. 너 지금 가면 안 돼, 르네."

존 벨루가 방 안으로 들어왔다. 아이린이 제일 먼저 알아차린 사실은 드레이튼 호텔 루프탑에서 클레어와 함께 있던 그 남자가 아니라는 것이었다. 이 남자, 클레어의 남편은 체격이 좋고 키가 컸다. 아이린이 짐작건대 서른다섯 살에서 마흔 살 사이인 듯했다. 곱슬거리는 머리카락은 짙은 갈색이었고 여자 같은 부드러운 입매를 지니고 있었는데 낯빛이 밀가루 반죽 같은 것이 안색은 좋지 않아 보였다. 하지만 철회색 빛의 두 눈은 생기로 가득 차서 푸르스름한 굵은 눈썹 사이에서 쉬지 않고 움직였다. 하지만 알고 보면 꽤 단단한 체력의 소유자일지 모른다는 것을 제외하고 그에게 유별난 점이라고는 전혀 없다는 것이 아이린의 결론이었다.

"안녕, 검둥이." 그가 클레어에게 인사했다.

흠칫 놀란 거트루드가 다시 자리에 앉았다. 그녀는 입술을 깨문 채 부부를 응시하며 앉아 있는 아이린을 살짝 넘겨 보았다. 아무리 클레어 켄드리라 할지라도 아웃사이더가 자신의 인종을 이렇게까지 조롱하도록 놔둔다는 게 믿기 어려웠다. 그 아웃사이더가 남편이라 할지라도 말이다. 그렇다면 그는 클레어가 흑인이라는 것을 알고 있다는 소리인가? 전에 클레어에게 듣기로는 모르는 것 같았는데. 하지만 어쨌든 아내의 손님들 앞에서 그런 식으로 말하는 것은 얼마나 무례하고 모욕적인가!

남편을 소개하는 클레어의 눈에 이상한 광채가 돌았다. 조롱 같기도 했다. 아이린은 그게 뭔지 알 수 없었다.

소개에 뒤따르는 의례적인 인사가 끝나자 클레어가 물었다. "잭이 날 뭐라고 부르는지 들었어?"

"그래." 거트루드가 마지못해 웃음을 띠고 열심히 대답했다.

아이린은 대답하지 않았다. 그녀의 시선은 클레어의 미소 띤 얼굴에 머물러 있었다.

그 검은 두 눈이 흔들리며 아래를 보았다. "말해 봐요, 당신. 왜 나를 그렇게 부르는지."

남자는 눈웃음을 지으며 쿡쿡댔는데, 그가 별로 불쾌해하고 있지 않는다는 것을 아이린은 인정하지 않을 수 없었다. 그가 설명했다. "그러니까 이런 거죠. 우리가 처음 결혼했을 때 이 여자는 피부가 하얬어요. 음…… 그러니까 백합처럼 희었죠. 그런데 이 여자 피부 색깔이 점점 검어지는 거예요. 그래서 내가 요즘 이 사람을 놀린다니까요. 조심하지 않으면 어느 날 눈 떴을 때 검둥이로 변해 있는 거 아니냐고요."

그는 큰 소리로 웃어 댔다. 종소리처럼 울리는 클레어의 웃음이 그의 웃음에 가세했다. 거트루드는 불안하게 자리에서 한 번 뒤척이더니 역시 비명을 지르듯 웃어 댔다. 입을 꼭 다물고 앉아 있던 아이린은 "그거 멋지군요!"라고 소리 치고는 폭소를 터뜨렸다. 그녀는 웃고 또 웃었다. 눈물이 그녀의 뺨으로 흘러내렸다. 허리가 쑤셨다. 목이 아팠다. 그녀는 웃고 또 웃고 다른 이들이 웃음을 멈춘 뒤에도 한참 동안 계속 웃어 댔다. 그때 클레어의 표정을 보고서야 이 기가 막힌 농담을 보다 조용하게, 조심스럽게 즐겨야 했는데, 하는 생각이 퍼뜩 스쳤다. 그녀는 즉시 웃음을 멈췄다.

클레어는 남편에게 차를 건넨 뒤 애정 어린 몸짓으로 그의 팔 위에 손을 얹었다. 그리고 자신감에 찬 어조로 재미있어 하며 말했다. "세상에, 잭! 무슨 차이가 있겠어요? 이렇게 오랜 세월이 지난 뒤 설령 내게 흑인 피가 한두 방울 섞인 것을 당신이 알아낸들 말예요."

벨루는 손을 앞으로 휘저으며 단호하고 확실하게 거부했다. "아니, 천만에, 검둥이." 그가 단언했다. "나한테 그런 일은 있을 수 없어. 난 당신이 검둥이가 아닌 걸 알아. 그러니까 괜찮아. 당신이 원한다면 검은 고양이처럼 까매져도 돼. 왜냐하면 난 당신이 검둥이가 아닌 걸 아니까. 거기까지는 괜찮아. 하지만 내 가족에 진짜 검둥이는 안 돼. 지금까지 없었고 앞으로도 절대 없을 거야."

아이린의 입술은 자제할 수 없을 정도로 떨렸다. 그녀는 다시 웃음을 터뜨리고 싶은 끔찍한 충동을 가라앉히려 안간힘을 쓰는 데 성공했다. 그녀는 티 테이블 위에 놓여 있던 광택칠한 상자에서 담배를 꺼내며 슬며시 클레어 쪽을 쳐다보았고 자신을 바라보는 그녀의 오묘한 눈빛과 마주쳤다. 너무나 어둡고 깊어 헤아릴 수 없는 그 눈빛을 바라보고 있자니 짧은 순간 아주 이상하고 낯선 짐승의 눈을 들여다보는 긴장을 느꼈다. 막연한 위험 신호가 차가운 안개처럼 그녀를 스쳐갔다. 괜한 걱정이야. 벨루가 그녀의 담배에 불을 붙이는 동안 아이린의 이성이 속삭였다. 다시 클레어를 봤을 때 그녀는 미소 짓고 있었다. 거트루드도 분위기를 맞추겠다는 듯 따라 웃었다.

아이린은, 모르는 사람이 보면, 모두 웃는 낯으로 농담을 하고 유쾌한 웃음을 터뜨리는 대단히 친밀한 티 파티 같을 거라고 생각했다. 그녀가 농담조로 말했다. "벨루 씨, 그러니까 검둥이들을 싫어하는군요?" 그러나 그 말은 그녀가 의도했던 만큼 유쾌하게 들리지 않은 모양이었다.

존 벨루는 그렇지 않다는 듯 짧게 웃었다. "레드필드 부인, 그 점에 관해서라면 저를 잘못 보신 겁니다. 전혀 그런 게 아니에요. 난 그들을 싫어하는 게 아니라 혐오해요. 우리 검둥이도 그래요. 열심히 검둥이로 변하려고 애쓰고 있지만 말이죠. 이 여자는 도대체 무슨 이유에서인지 절대로 검둥이 하녀는 두려고 하지 않아요. 나도 아내가 검둥이를 들이는 것은 원하지 않고요. 생각만 해도 오싹해요. 소름 끼치는 검은 악마들 같으니라고."

이번엔 우습지 않았다. 벨루 씨는 알고 지낸 검둥이가 하나도 없나 봐요, 하고 아이린이 물었다. 불안해하던 거트루드는 그녀의 방어적인 어조에 다시 한번 놀랐고 클레어 역시 겉으로는 침착해 보였지만 순간 불안한 표정이 스쳤다.

벨루가 대답했다. "물론이죠, 그런 일 없어요! 앞으로도 절대 그럴 일 없고요. 하지만 난 그들을 잘 아는 사람들을 알아요. 그들이 자기들 검은 자아를 아는 것보다 더 잘 알지요. 그리고 신문에서 그자들에 대해 읽어요. 언제나 도둑질하고 사람들을 죽이고. 그리고⋯⋯." 그는 사납게 덧붙였다. "그보다 더 끔찍한 짓도 하니까요."

거트루드 쪽에서 긁는 소리를 나지막하게 냈다. 코웃음인지 킬킬거리는 소리인지 아이린은 분간할 수 없었다. 잠깐 동안 침묵이 흘렀고 그동안 그녀는 끓어오르는 노여움과 분노를 감당하기에 자기의 자제력이 턱 없이 부족하다는 사실에 두려움을 느꼈다. 그녀는 옆에 있는 남자를 향해 외치고 싶은 거센 충동을 느꼈다. '그런데 당신은 여기 세 명의 검둥이 악마들에 둘러싸여 차를 마시고 있어.'

하지만 그녀의 무모한 행동으로 인해 클레어가 얼마나 난처해질지 생각하자 충동은 잦아들었다. 클레어가 부드럽게 꾸짖는 어조로 말했다. "이봐요 잭, 르네는 당신이 느끼는 온갖 혐오감에 대해 듣고 싶지 않을 거예요. 거트루드도 마찬가지고요. 얘들도 신문을 읽을 거라고요." 클레어는 남편을 향해 웃어 보였고, 그 미소가 그를 딴사람으로 만들었다. 햇빛에 과일이 익듯이 그를 부드럽고 감미롭게 만든 것이다.

"알았어, 우리 검둥이." 그는 사과했다. 팔을 뻗어 그는 장난스럽게 아내의 창백한 손을 만진 뒤 다시 아이린을 보았다. "레드필드 부인. 부인을 지루하게 할 작정은 아니었어요. 미안합니다." 그는 수줍게 말했다. "뉴욕에 사신다고 그러던데. 굉장한 도시지요, 뉴욕은. 미래 도시고요."

분노는 누그러들지 않았지만 아이린은 클레어를 생각해서 정신을 차리고 마음을 다잡았다. 최선을 다해 일상적인 말투로 벨루에게 동조하면서, 그러나 시카고에 사는 사람들도 이 도시에 대해 똑같이 말하곤 한다고 덧붙였다. 말하는 내내, 그녀는 자기 목소리가 흔들리지 않고 겉으로나마 침착한 것이 얼마나 놀라운지 생각했다. 두 손만 약간 떨렸다. 그녀는 손을 무릎에서 당겨 와 손가락 끝을 누르면서 스스로를 진정시켰다.

"남편 분이 의사죠? 맨해튼에 계세요, 아니면 다른 지역에 계세요?"

아이린은 맨해튼이라고 대답했다. 그리고 브라이언은 종합 병원이나 개인 병원 들에서 쉽게 연락이 닿는 곳에 있어야 한다고 설명했다.

"재밌죠. 의사 생활이."

"뭐, 그럼요. 하지만 힘들어요. 어느 면에서는 단조롭기도 하고. 또 신경도 쓰이고."

"적어도 부인은 신경이 쓰이겠죠? 여자 환자들이 그렇게 많으니." 그는 소년처럼 신이 나서 진부한 농담을 즐기며 웃었다.

아이린은 잠시 미소를 지었지만 목소리는 진지했다. "브라이언은 여자들을 좋아하지 않아요. 특히 아픈 여자들을. 전 가끔은 남편이 좀 여자를 좋아했으면 해요. 그가 매력을 느끼는 건 남아메리카뿐이에요."

"미래가 있는 곳이지요, 남아메리카는. 검둥이들만 거기서 내쫓는다면요. 완전히 그놈들 세상이니……"

"그만해요, 잭!" 클레어의 목소리에 짜증이 섞였다.

"정말 미안, 깜박했어요." 모여 있는 사람들을 향해 그가 말했다.

"이 사람이 절 얼마나 구박하는지 보셨죠?" 그러고는 거트루드에게 물었다. "아직 시카고에 살고 계시죠, 마…… 틴 부인?"

그가 클레어의 옛 친구들에게 잘 대해 주려 최선을 다하고 있는 것은 분명했다. 다른 상황에서라면 그에게 호감을 느꼈을지도 모른다고, 아이린도 인정했다. 그만하면 잘생겼고 성격도 쾌활하고 시원시원한 데다 생활도 여유 있어 허세가 배어 있지 않았다.

거트루드는 자기는 시카고로 충분하다고 말했다. 한번도 이곳을 떠난 적이 없고, 떠날 생각을 해 본 적도 없다고. 남편의 사업이 여기 있으니까.

"물론이지요, 그렇고말고요. 사업을 버리고 훌쩍 떠날 수야 없죠."

시카고와 뉴욕에 관한 이야기, 그리고 두 도시의 다른 점들과 최근의 눈부신 변화에 대한 이야기가 평범해 보이는 대화들 속에서 이어졌다.

그들 네 사람이 실제로는 분노와 굴욕감과 수치심으로 부글거리면서도 그토록 천연덕스럽게, 겉으로는 그토록 다정하게 앉아 있을 수 있다는 것은 믿을 수 없는 일이라고 아이린은 생각했다. 그러나 아니었다. 다음 순간 그녀는 자기 의견을 수정하지 않을 수 없었다. 거의 확실하게 존 벨루는 안으로도 밖으로도 전혀 불편해하고 있지 않았다. 어쩌면 거트루드 마틴도 그럴지 몰랐다. 적어도 그녀는 클레어 켄드리가 틀림없이 느끼고 있을 굴욕감과 수치심을, 또 아이린이 억누르고 있는 분노나 반발심을 그녀들만큼 강하게 느끼고 있지 않았다.

　　"차 더 할래, 르네?" 클레어가 말했다.

　　"아니 됐어. 난 가 봐야 돼. 알잖아, 내일 떠나는 거. 짐도 아직 안 쌌거든."

　　그녀가 일어섰다. 거트루드도, 클레어도, 존 벨루도 일어섰다.

　　"드레이튼 호텔은 어때요, 레드필드 부인?" 존이 물었다.

　　"드레이튼? 아, 아주 좋아요 정말 좋아요" 아이린은 경멸 섞인 눈으로 클레어의 무표정한 얼굴을 바라보며 대답했다.

"그만하면 괜찮은 곳이죠. 나도 한두 번 거기 묵었어요." 존 벨루가 그녀에게 말했다.

"네, 좋은 곳이죠." 아이린이 동의했다. "뉴욕의 최상급 호텔에 버금가요." 그녀는 클레어에게서 시선을 거두고 자기 가방에 있지도 않은 물건을 찾고 있었다. 그녀는 클레어가 쉽게 이해되는 것만큼 그녀를 향한 연민과 경멸도 강하게 느꼈다. 클레어는 그렇게 대담하고 그렇게 사랑스럽고 그렇게 '자기 방식대로' 살고 있었던 것이다.

그들은 적당한 인사말을 나누며 클레어에게 손을 내밀었다. "만나서 정말 반가웠어." "곧 다시 만났으면 좋겠다."

"잘 가." 클레어가 대답했다. "르네, 와 줘서 정말 고마워. 그리고 너도, 거트루드."

"안녕히 계세요, 벨루 씨." "만나서 정말 반가웠어요." 그 말을 한 것은 거트루드였다. 아이린은 그럴 수 없었다. 그녀는 절대로 공손한 거짓말이나 그와 비슷한 어떤 말도 꺼낼 수가 없었다. 그는 그들을 복도 밖까지 배웅하고 엘리베이터 버튼을 눌렀다.

"안녕히 계세요." 그녀들은 엘리베이터를 타면서 다시 한번 말했다.

아래로 내려오는 동안 그들은 침묵했다.

말없이 로비를 가로질러 갔다.

하지만 길로 들어서자마자 거트루드는 조금 전까지 담고 있던 말을 한순간도 더 이상 억누를 수 없다는 듯 분통을 터뜨렸다.

"세상에 맙소사! 들키면 어쩌려고. 쟨 미친 거야."

"맞아, 정말 아슬아슬해 보여." 아이린이 인정했다.

"아슬아슬해! 내 말이 그 말이야! 아슬아슬! 맙소사, 얼마나 끔찍한 단어인지! 도대체 언제까지 숨기려고 하는 거야!"

"그래도 내 생각에 클레어는 꽤 안전한 편이야. 여기 안 살잖아. 그리고 아이도 있고. 아이는 괜찮은 안전장치지."

"그래도 그렇지, 너무도 위험한 짓이야." 거트루드가 고집했다. "난 프레드가 몰랐다면 절대로 그와 결혼하지 않았을 거야. 나중에 무슨 일이 터질지 모르니까."

"그래. 말하는 게 더 안전하다는 거, 나도 인정해. 하지만 그랬다면 벨루는 그 애하고 결혼 안 했을 거야. 어쨌든 그 애가 원했던 건 결혼이니까."

거트루드는 고개를 흔들었다. "난 그가 사실을 알게

됐을 때 클레어가 받을 돈을 다 준다고 해도 절대 저렇게 살지는 않을 거야. 그런 남자하고는 말이야. 세상에! 끔찍하지 않아? 아까 난 너무 화가 나서 걔 남편을 후려칠 뻔했다니까."

확실히 그건 매우 불쾌하고 견디기 어려운 경험이었다고 아이린은 인정했다. "나도 정말 화가 났었어."

"그리고 말이야. 그 애는 남편이 저런 식이라고 우리에게 귀띔도 없었잖아! 큰일 날 뻔했단 말이야. 우리가 실수라도 하면 어쩌려고."

그게 바로 클레어 켄드리다운 거라고 아이린이 응수했다. 일단 모험을 걸면, 자기 외에 다른 사람의 감정은 전혀 개의치 않는 것.

거트루드가 말했다. "우리가 그걸 재밌는 농담으로 받아들일 거라고 생각했나 봐. 넌 그런 것 같던데. 너 엄청 웃어 댔잖아. 세상에! 난 진짜 걔 남편이 눈치 챌까 봐 겁이 나서 죽는 줄 알았어."

"그건 농담이었다고 할 수 있어." 아이린이 말했다. "그와 우리에게, 그리고 아마도 클레어에게 하는 농담."

"그렇다 하더라도 너무 위험해. 난 꿈에도 그 애처럼

하지는 않을 거야.”

"클레어는 그만하면 만족하는 것 같아. 원하던 것을 손에 넣었고, 그만한 가치가 있다고 얼마 전에 나한테 말했어.”

그러나 그 점에 대해 거트루드는 회의적이었다. "그렇지 않다는 걸 곧 알게 될 거야.” 그녀는 단호히 말했다. "그래, 그렇지 않다는 걸 알게 될 거야.”

비가 오기 시작했다. 조금씩 큰 빗방울이 떨어졌다.

하루 일과를 막 끝낸 사람들이 전차와 고가도로 쪽으로 서둘러 이동하고 있었다. 아이린이 말했다. "너 남쪽으로 가지? 어쩌지, 난 볼일이 있는데. 괜찮다면 여기서 인사해야겠어. 거트루드, 만나서 반가웠어. 프레드에게 내 안부 전해 주고 또 너희 엄마가 날 기억하시면 어머니에게도 안부 전해 줘. 잘 가.”

그녀는 거트루드에게서 벗어나 혼자 있고 싶었다. 그녀는 아직도 불쾌하고 화가 나 있었다.

아이린은 계속 자문했다. 클레어 켄드리는 무슨 권리로 그녀로 하여금, 심지어 거트루드까지 그런 굴욕을, 그런 노골적인 모욕을 당하도록 했단 말인가.

아버지 집을 향해 달리는 차 속에서 내내 아이린 레드 필드는 자신이 마지막에 인사를 건넬 때 클레어의 얼굴에 나타났던 그 표정을 이해해 보려고 애썼다. 그것은 조롱 같기도 위협 같기도 했다. 아니면 그녀가 이름 붙일 수 없는 다른 무엇일 수도 있었다. 한순간 그날 오후 클레어의 눈을 들여다볼 때 느꼈던 그 두려운 감정이 그녀를 덮쳤다. 미세한 떨림이 엄습했다.

"아무것도 아냐." 그녀는 혼자 말했다. "애들 하는 말처럼, 그냥 좀 소름 돋는 경험이었지." 그녀는 조금 웃어 보려 했으나 그것이 울음에 더 가깝다는 것을 알고는 당혹스러웠다.

그 끔찍한 벨루가 이런 최악의 상황까지 몰고 오도록 놔두다니!

그리고 그날 밤 늦게, 마지막 손님도 돌아가고 오래된 집이 다시 조용해졌을 때, 아이린은 창가에 서서 얼굴을 찡그린 채로 어둠 속에 내리는 비를 바라보며 클레어의 믿을 수 없을 만큼 아름다운 표정에 대해 이리저리 생각해 보았다. 그러나 그녀는 아무리 노력해 봐도 그게 무슨 의미인지 선뜻 결론 지을 수 없었다. 그녀의 모든 경험과 이해력을 동원해도 역부족이었으니까.

그녀는 결국 더 깊게 얼굴을 찡그린 채 창문에서 돌아섰다. 그런데 어째서 클레어 켄드리를 걱정해야 하지? 그 애야 늘 그래왔듯 잘 지낼 텐데. 사신에게는 그것 말고도 다른 사적이고 중요한 걱정거리들이 충분히 많지 않은가.

그때 그녀의 이성이 속삭였다. 오늘 그 불쾌한 오후와 그것이 불러일으킨 두려움과 의문들 때문에 비난받아야 할 사람이 있다면 바로 아이린 자신이라고. 그녀는 절대 가지 말았어야 했다.

넷

다음날 아침, 뉴욕으로 떠나기 전, 그녀에게 편지가 한 통 도착했다. 클레어 켄드리가 보낸 것임을 첫눈에 직감으로 알았다. 이전에 그녀에게서 편지를 받은 적이 있는지 기억할 수 없었지만 말이다. 편지를 뜯어 서명을 보았을 때 그녀의 직감은 확실해졌다. 편지를 읽지 않겠노라고, 그녀는 중얼거렸다. 시간이 없었다. 그리고 무엇보다 전날 오후를 떠올리고 싶지 않았다. 사실 아이린은 지금 여행을 앞두고 전혀 신이 나지 않았다. 고약한 밤을 보냈던 것이다. 그리고 이 모든 것은 다른 사람들의 감정 따위 안중에도 없는 클레어가 그녀를 배려하지 않은 탓이었다.

그러나 그녀는 편지를 읽었다. 아버지와 친구들의 작별 인사를 받으며 기차가 동쪽을 향해 달리기 시작하자, 그녀는 클레어가 어제 일에 대해 뭐라고 썼는지 알고 싶은 참을 수 없는 호기심에 사로잡혔다. 어제 같은 일에 대해서 그녀는, 다른 사람들은, 무슨 말을 할 수 있을까? 그녀는 가방에서 편지를 꺼내 들며 물었다.

클레어 켄드리의 대답은 이러했다.

사랑하는 르네

네가 우리 집에 온 것에 대해 어떻게 감사해야 할지! 여러가지 상황을 고려할 때 내가 널 오라고 하지 말았어야 한다고, 아니 오라고 조르지 말았어야 한다고, 그렇게 생각한다는 거 알아. 하지만 내가 널 만나 얼마나 기뻤는지, 흥분을 가라앉히지 못할 만큼 얼마나 행복했는지, 그리고 너희들을 더 만나고 싶어서 (모두들 만나고 싶지만 만날 수가 없어서) 미칠 지경인지를 네가 안다면, 내가 널 다시 만나고 싶어 하는 것을 이해하고 날 조금이라도 용서하게 될 거야.

언제나 언제나 너에게 내 사랑을 전해. 그리고 너의 사랑하는 아버지에게도 나의 모든 감사의 마음을 전해.

클레어.

그리고 이런 말이 덧붙여져 있었다.

사랑하는 르네, 결국 너의 방식이 더 현명하고 분명히 더 행복한 길일지도 몰라. 그런지도 몰라. 지금 난 확신할 수 없어. 적어도 예전과 같은 확신은 없어.

C.

그러나 그 편지는 아이린의 마음을 달래 주지 못했다. 그녀가 듣기 좋은 소리를 좀 했다고 해서 불쾌한 기분이 누그러들지는 않았다. 그녀가 클레어 켄드리를 위해 어제 오후 견뎌야 했던 그 모욕감을, 혹은 그 일부라도 없앨 수 있다는 식이군, 하고 아이린은 격분한 채 생각했다.

그녀는 그 기분 나쁜 편지를 아주 세심하게 갈기갈기 작은 네모로 찢어 검은 드레스를 입은 그녀의 무릎 위에 쌓았다. 편지가 완전히 산산조각나자 그것들을 모아 기차 끝으로 갔다. 거기 서서 철로에 던져버린 뒤 편지가 철로 위로, 석탄재 위로, 시든 풀 위로, 더러운 작은 개울 위로 흩어지는 것을 지켜보았다.

이것으로 끝이야, 그녀는 중얼거렸다. 행여 그녀가 클레어 켄드리를 다시 볼 수 있는 확률은 백만 분의 일 정도였다. 그러나 만일 그 백만 분의 일의 확률로 만날 일이 생긴다 해도 그녀가 눈을 돌려 모른 체하면 그뿐이었다.

그녀는 클레어를 마음속에서 털어 버리고 자기 일을 생각하기 시작했다. 집안일, 아들들, 그리고 남편 브라이언을 생각했다. 거대한 소음에 잠겨 있는 아침 기차역에서 그녀를 기다리고 있을 브라이언. 그녀는 자기와 아이들이 자리를 비운 동안 남편이 너무 외로워하지 않고 잘 지냈기를 바랐다. 외로움 때문에 그 오래되고 이상한 안절부절못하는 불행의 감정이 다시 그 사람 안에서 고개 들지 않기를 바랐다. 낯설고 색다른 곳을 향한 갈증, 결혼 초기에 아이린은 그것을 잠재우기 위해 얼마나 애를 썼

나. 비록 요즘 그것이 튀어나오는 간격이 점점 짧아지고 있지만 말이다.

2부

재회

하나

여기까지가 그녀가 기억하는 것이었다. 그녀는 클레어 켄드리의 두 번째 편지를 들고 자기 방에 앉아 있었고 10월의 햇살이 밀물처럼 그녀에게 밀려들었다.

편지를 옆으로 치우며 그녀는 호기심과 놀라움이 뒤섞인 감정으로 편지 한 통이 마음속을 격렬하게 휘젓는 것을 지켜보았다.

그녀를 놀라게 하고 흥미마저 불러일으킨 것은 대단

한 분노가 아니었다. 확신하건대 그것은 상황에 걸맞은 자연스러운 감정이었다. 솔직히 말하자면, 분노는 존 벨루나 클레어의 모습과 목소리로부터 완벽하게 멀어진 지난 이 년의 시간 동안 여전히 강렬하게 살아 있었고 수그러들지도 않았다. 그렇게 시간이 지났음에도 지금 여전히 그 남자가 했던 말과 그 태도를 떠올리면 손이 떨리고 관자놀이에 피가 솟구치는 것이 당연했다. 그러나 그녀가 그동안 막연한 두려움과 공포감을 여전히 품고 있었다는 것은 당황스럽고 어리석은 일이기는 했다.

클레어가 편지를 썼다는 것, 그 모든 일에도 불구하고 그녀를 다시 보고 싶다는 의사를 표현했다는 것은 그리 놀랍지 않았다. 다른 사람들이 느끼는 고통이나 분노, 당혹감을 신경 쓰지 않는 것, 그게 클레어였으니까.

그래, 한 가지는 확실했다. 아이린의 어깨가 올라갔다. 그녀는 '그때 시카고에서' 클레어 켄드리를 위해 견뎠던 그런 끔찍하고 짜증나는 모욕을 또 당할 생각도 그럴 필요도 없다는 것. 한 번이면 충분했다.

클레어가 선택의 순간에 자신이 치러야 할 대가를 정확히 알지 못했다 하더라도, 누군가 다른 사람이 마땅히 그녀를 도울 거라고 기대할 권리 따위 그녀에게 없지 않은가. 클레어의 문제는 자기 케이크만 차지하고 먹는 것이 아니라 다른 사람의 케이크마저 넘본다는 것이었다.

아이린 레드필드는 클레어가 '자기와 같은 사람들'에게 품은 이 생경한 다정함과 열렬한 갈망에 공감하기 어려웠다.

방금 손에서 놓은 그 편지는 아이린이 보기에 단어도 너무 헤픈 데다 표현도 적나라했다. 그것은 클레어가 연극을 하고 있다는, 아마도 의도적이지는 않겠지만, 그러니까 순전히 의도적이지는 않겠지만, 그래도 하여간 연극을 하고 있다는 오랜 의구심을 불러일으켰다. 또한 아이린은 클레어에게 '노골적인 이기심'이라고 이름 붙인 그것을 용서할 마음도 없었다.

그리고 또 다른 생각, 하나의 질문이 클레어를 향한 불신과 분노와 뒤섞여 있었다. 왜 그녀 자신은 그날 말하지 않았을까? 어째서 벨루의 무식한 증오와 혐오 앞에서 자기 인종을 숨겼을까? 왜 벨루에게 반박하지 않은 채 그가 자기주장을 하고 잘못된 생각을 입 밖에 내도록 놔뒀을까? 어째서 클레어 켄드리 때문에, 그런 고통을 겪게 만든 그녀 때문에 아이린은 자기 인종을 변호하려 나서지 못했을까?

아이린은 이런 질문들을 던지고, 깊이 후회했다. 그러나 그것은 그녀 자신도 잘 알고 있듯 말뿐이었다. 그녀는 어떻게 대답해야 하는지 하나하나 다 알고 있었고, 그 모든 질문들에 대한 해답은 하나였다. 기막힌 일이었다! 그녀는 클레어를 배신할 수 없었던 것이다. 심지어 모욕당하는 사람들을 변호하는 것처럼 비치는 것도 위험했다. 행여 그 변호 때문에 클레어의 비밀이 결국 폭로될지 모른다는 두려움 때문이었다. 그녀는 클레어 켄드리에게 지켜야만 하는 의무가 있었다. 아이린은 그녀에게 인종이라는 끈으로 묶여 있었고 클레어는 힘껏 거부하면서도 그 끈을 완전히 잘라 내지 못하고 있었으니까.

그리고 아이린이 알고 있듯 클레어는 인종이나 그것이 어찌 되는가에 대해 전혀 관심이 없었다. 그녀는 개의치 않았다. 어쩌면 그녀는 같은 인종에 속한 어느 누구에게도 건강한 아니 최소한 진실한 애정을 품고 있지 않았다. 비록 클레어가 어릴 적 웨스트오버 가족이 보여 준 작은 친절들에 대해 계속 고마움을 표시하고 있기는 했지만 아이린은 진정성을 의심했다. 클레어에게 아이린 자신은 목적을 위한 수단일 뿐이었다. 또한 클레어는 다른 인종의 사람들이 인종 문제에 갖고 있는 약간은 예술적이고 사회적인 관심조차 가지고 있지 않았다. 클레어 켄드리는 자기 인종에 전혀 관심이 없었다. 그녀는 그저 거기 속할 뿐이었다.

"젠장, 그따위 일은 다시는 없어!" 아이린은 옅은 베이지색 발 위에 얇은 스타킹을 신으며 큰 소리로 말했다.

"아하, 또 욕을 하고 있군요, 부인? 이번에는 틀림없이 목격했어요."

브라이언 레드필드가 소리 없이 방 안으로 들어왔다. 그의 그런 태도는 벌써 몇 년 동안 함께 살았음에도 불구하고 아직도 당황스러웠다. 그는 아주 약간 잘난 척하는 듯한, 그러나 어찌된 셈인지 그에게 대단히 잘 어울리는 특유의 장난기어린 미소를 띤 채 그녀를 내려다보며 서 있었다.

황급히 아이린은 다른 쪽 스타킹을 올리고 의자 옆에 두었던 슬리퍼를 신었다.

"왜 그렇게 험한 욕을 하는 거예요? 그러니까, 이해는

하지만 불안해서 묻잖아요. 당신은 애들 엄마인데! 때를 가려야죠!"

"이런 편지를 받았거든요." 아이린이 그에게 말했다. "누구든 그걸 보면 성인군자라도 욕이 나올 거예요. 정말 그 뻔뻔스러움이라니!"

그녀는 남편에게 편지를 주면서도 속으로는 약간 께름직했다. 그녀는 예민한 감각으로, 그의 질문에 말로 대답하는 대신 편지를 건네는 방법을 택했다. 그렇게 함으로써 아이린은 그가 편지를 읽는 동안 서둘러 옷을 입을 수 있을 것이다. 브라이언이 너무 싫어하지만, 그녀가 또 늦어 버렸으니 말이다. 왜, 도대체 왜, 그녀는 늘 제시간에 준비하지 못할까? 브라이언은 벌써 한참 전에 일어나 아이들을 시내에 있는 학교에 데려다 준 것도 모자라 그녀가 알고 있는 거의 모든 사람들에게 전화도 돌렸다. 그런데 그녀는 아직 옷도 입지 못하고 겨우 외출 준비를 시작하고 있었다. 빌어먹을 클레어! 오늘 아침은 그 여자 탓이었다.

브라이언이 앉더니 클레어가 흘려 쓴 글씨를 이해하려는 듯 눈썹을 움찔거리며 편지 위로 고개를 숙였다.

일어나서 거울 앞에 선 아이린은 검은 머리카락을 빗어 넘긴 뒤 그녀 특유의 몸짓으로 가볍게 머리를 흔들어 세팅된 상태를 약간 흐트러뜨렸다. 그녀는 따뜻한 올리브색 피부에 파우더를 바른 뒤 드레스를 입었는데 너무 서두르는 바람에 제대로 입는 것이 힘이 들었다. 드디어 준비가 끝났다. 그러나 그녀는 준비되었다고 말하는 대신 무언가 기묘한 거리감을 느끼며 방 건너 쪽에 있는 남편을 바라보고 서 있었다.

브라이언은 정말 잘생겼어, 그녀가 생각했다. 물론 예쁘장하거나 섬세한 외모는 아니었다. 예쁘장하다고 표현하기에는 코가 약간 불균형했고 섬세하다고 하기에는 턱이 제법 큰 편이었다. 호탕하고 남자다운 인상이었다. 그러나 극도로 섬세한 피부결과 진한 구릿빛 피부의 아름다움이 아니었다면, 아마도 그는 그저 평범하게 잘생긴 남자 중 하나였을 것이다.

브라이언이 고개를 들고 말했다. "클레어? 당신이 지난번에 친정에 갔을 때 만났다고 말한 그 여자네요. 같이 차를 마셨다고 그랬나?"

그 말에 대한 대답으로 아이린은 고개를 끄덕였다.

"준비됐어요." 그녀가 말했다.

그들은 아래층으로 내려갔다. 브라이언은 그럴 필요도 없었지만, 중앙 층계참으로 이어지는 두 개의 낮은 곡선 계단으로 익숙하게 그녀를 안내했다.

"당신, 그 여자 안 만나려고요?" 그가 물었다.

그의 말은 실제로는 질문이 아니고 아이린이 알아차린 대로 질책에 가까웠다.

그녀가 앞니를 꽉 물었다. 그러고는 잇새로 내뱉은 말에 가벼운 조소의 어감이 깔려 있었다. "이봐요, 브라이언. 어떤 남자가 날 검둥이라고 부르면 처음에는 그 사람 잘못이지만 그 남자가 또 그 짓을 하게 두면 그건 내 잘못이라는 걸 모를 정도로 내가 멍청하진 않을걸요?'

그들은 다이닝 룸으로 들어갔다. 그가 의자를 뒤로 빼주자 그녀는 둥근 독일제 커피포트를 앞에 두고 앉았다. 포트에서 흘러나온 커피 향이 아침을 열었고 잘 구워진 토스트와 맛있는 베이컨 냄새가 뒤섞였다. 그는 의자에 앉아 길고 섬세한 손가락으로 조간신문을 집어 들었다.

줄리나, 작은 체구에 마호가니 색 피부를 가진 줄리나가 자몽을 내왔다.

부부는 스푼을 들었다.

침묵을 깨고 브라이언이 부드럽게 말했다. "여보, 당신은 나를 완전히 오해하고 있소. 난 그저 그 여자가 또다시 당신을 괴롭히게 두지 말란 뜻이었어요. 알잖소. 그 여자가 당신이 말한 그런 여자라면 조금만 틈을 보여도 그렇게 할 거라는 걸. 하여간 그들이 늘 그렇지. 그리고……." 그가 정정했다. "그 남자, 그러니까 그 여자 남편이 당신을 검둥이라고 부른 건 아니잖소. 그건 다른 문제예요."

"맞아요, 물론 그러지 않았죠. 실제로는 안 그랬어요. 나에 대해 몰랐으니까요. 하지만 알았다면 분명 그랬을 거예요. 같은 소리죠. 그리고 여전히 불쾌한 일인 건 틀림없어요."

"글쎄, 모르겠어. 그러나 내 생각에는……." 그가 지적했다. "여보, 당신이 훨씬 유리한 상황이기도 해요. 당신은 그 남자가 당신을 어떻게 생각하는지 알지만, 그쪽은……. 글쎄, 언제나 그렇잖소. 우리는 늘 알지만, 상대는 그렇지 않아요. 전혀 모르죠. 언젠가 당신도 인정하게 될 거요. 그래서 재미있는 면도 있고, 때로는 우리 쪽에 편리한 면도 있거든."

아이린이 커피를 따랐다.

"모르겠어. 클레어에게 편지를 쓸래요. 틈만 나면 오늘 당장. 이건 우리가 확실하게 짚고 넘어갈 문제예요. 정말 별일이지 않아요? 자기 남편이 얼마나 지독한지 알면서 여전히……."

브라이언이 말을 막았다. "항상 뻔하잖아. 그렇지 않은 경우를 본 적이 없어. 앨버트 해먼드를 생각해 봐요. 해먼드가 7번가부터 레녹스 애비뉴며 춤추는 곳들을 얼마나 드나들었는지. 어떤 '검둥이 자식'이 제 '여신'을 앨버트가 쳐다봤다고 총을 쏠 때까지 말이야. 그런 일은 항상 있소. 그런 일이 반복해서 일어나는 것을 지금까지 쭉 봐왔잖소."

"그러니까, 왜요?" 아이린은 알고 싶었다. "왜죠?"

"내가 그걸 알면, 인종 전문가이게요."

"그런데 그렇게 원했던 것을, 그 위험을 무릅쓰고 쟁취했다면 만족해야 하잖아요? 아니면 돌아오는 것을 두려워라도 하든가."

"그렇지." 브라이언은 동의했다. "그 말이 맞아요. 그러나 현실은 그렇지 않소. 그들은 만족하지 않는단 말이오. 난 그렇게 생각해요. 그들도 충동을 못 이겨 원래 자리로 돌아오게 되는 건 언제나 두려울 거요. 하지만 그 행동을 멈출 만큼 두렵지는 않은 거지. 그래, 누군들 알겠소."

아이린은 몸을 앞으로 기울인 채 말하고 있었다. 자신이 이 상황에서 불필요한 적개심에 차 이야기하고 있다는 것을, 그러나 통제할 수가 없다는 것을 그녀는 알고 있었다.

"그래요, 클레어는 그냥 날 가만 두는 게 낫겠어요. 난 클레어랑 그녀의 더 가난하고 더 검은 형제들의 연결다리가 돼 줄 마음은 없으니까요. 게다가 시카고에서 그런 일이 있은 뒤에는! 나를 차분하게 기다리겠다니……." 그녀는 갑자기 너무 화가 난 나머지 말을 멈췄다.

"맞아요. 그게 지금 우리가 할 수 있는 유일하게 이성적인 대처 방법 같네. 그 여자가 당신을 그리워하게 놔둬요. 다 힘 빠지는 일이오. 늘 그렇듯이."

아이린은 고개를 끄덕이며 말했다. "커피 좀 더 마셔요."

"아니, 됐어요." 그는 다시 신문을 집어 들고 펄럭거리는 소리를 내면서 펼쳤다.

줄리나가 토스트를 더 내왔다. 브라이언은 한 조각을

집어 아이린이 그토록 싫어하는 쩝 소리를 내며 베어 물고는 다시 신문을 읽기 시작했다.

그녀가 말했다. "'패싱'은 정말 알 수 없다니까. 우리는 패싱에 동의하지 않으면서도 결국 용서하잖아요. 경멸하면서 동시에 감탄하고요. 묘한 혐오감을 느끼면서 패싱을 피하지만 그걸 보호하기도 하죠."

"살아남아서 번성하고자 하는 종족 본능이지."

"말도 안 돼! 생물학적 일반론으로 모든 것이 설명될 수는 없어요."

"전적으로 모든 게 그렇게 설명될 수 있소. 백인이라 불리는 작자들을 봐요. 지구 곳곳에 애비 없는 자식들을 만들어 놓는 것도 마찬가지라고요. 생존하고 번성하고자 하는 종족 본능이란 그런 거요."

그 말에 아이린은 전혀 동의하지 않았다. 다만 자신보다 남편이 더 훤히 알고 있는 분야에 싸움을 걸어 봤자 부질없다는 사실을 과거의 많은 논쟁들을 통해 알고 있을 뿐이었다. 아이린은 그의 호언장담을 무시하며 그 주제에서 완전히 빠져나왔다.

"시간 있으면 인쇄소에 좀 데려다줄 수 있어요?" 그녀가 물었다. "116번가에 있어요. 댄스 파티 때문에 광고지와 티켓을 좀 알아 봐야 되거든요."

"그럽시다. 준비는 다 됐소?"

"네, 그런 것 같아요. 특별석 티켓은 전부 팔렸고 처음 오픈한 티켓들도 거의 팔렸어요. 현장에서도 아마 그 정도는 팔릴 거고요. 게다가 케이크도 다 팔아야 하는데, 일이 엄청나요."

"그러겠네요. 우리 형제들에게 희망을 준다는 게 쉬운 일이 아니지. 나도 벼룩 옮은 고양이처럼 바빠요." 그의 얼굴 위로 그늘이 드리웠다. "정말이지, 난 아픈 사람들이 싫어요. 잘 알지도 못하면서 참견만 하는 환자 가족들이나, 냄새 나는 더러운 병실하며, 어두운 복도를 지나 음산한 층계를 올라가는 것도."

"정말이에요?" 아이린은 차오르는 걱정과 짜증을 누르며 말했다. "정말이지……."

남편이 말을 자르며 날카롭게 끼어들었다. "우리 제발 그 얘기는 하지 맙시다." 그러고는 즉시 평소의 약간 비웃는 듯한 말투로 물었다. "이제 갈 준비가 된 거죠? 기다릴 시간이 많지 않소."

그가 일어섰다. 그녀는 대답하지 않은 채 남편을 따라 복도로 나갔다. 그는 작은 탁자에서 부드러운 갈색 모자를 집어 들어 그의 긴 갈색 손가락 위에 놓고 돌리며 잠시 서 있었다.

아이린은 그를 바라보며 생각했다. "불공평해, 불공평해." 그렇게 많은 세월이 지난 후에도 여전히 이런 식으로 그녀를 비난하다니. 그가 바로 여기 뉴욕에서 본업에 충실해야 한다는 그녀의 주장이 옳았다는 게 그의 성공으로 증명되지 않았던가. 그게 최선이었다는 걸 그는 지금도 모르는 걸까. 그녀를 위해서가 아니라, 결코 그녀를 위해서가 아니라 남편과 아이들을 위한 선택이었다. 그녀는 정말이지 자기 생각은 조금도 하지 않았다. 하지만 그녀는 어쩌면 가슴속 깊은 곳에 자리 잡은 두려움에서 영영 벗어나지 못할지도 몰랐다. 그녀가 가족들을 위해 그토록 훌륭하게 생활을 가꾸어 왔고 또 그것을 유지하려고 그렇게 애써 왔건만 이 모든 생활이 안전하게, 앞으로도 지속될 것이라는 느낌은 한순간 사라져 버릴 수도 있었다. 그녀에게는 그 이상하고 기막힌, 브라질로 떠나버리겠다는 브라이언의 생각이 입 밖으로 나오지만 않았을 뿐 여전히 마음속에 살아 있었다. 그것은 얼마나 그녀를 두렵게 하고, 그래, 분노하게 하는가!

"이제 됐어요?" 그가 가볍게 물었다.

"소지품만 챙기면 돼요. 잠깐만요." 그녀는 장담하며 층계를 올라갔다.

그녀의 음성은 담담했고 발걸음은 확실했지만 브라이언이 내뱉은 불만 한마디가 그녀를 당황스럽고 불안하게 만들었다. 남편은 격정과 긴장에 차 있던 그 옛날, 증오에 차서 거의 소모적으로 싸우던 시절 이후로는 자기 욕망을 절대로 털어 놓은 적이 없었다. 그 당시 그녀는 아주 완강하게 반대했고, 합리적인 방식으로 그것이 절대 불가능하다는 사실과 그것이 그녀와 아이들에게 끼칠 수 있는 영향을 지적했으며, 만일 그가 자기 생각을 고집한다면 그들의 결혼이 깨질 수 있다고까지 암시했었다. 그 이후로 그들이 함께 살아온 그 오랜 세월 동안 다른 싸움이나 위협은 전혀 없었던 것처럼 그에 관한 언급도 없었다. 그러나 이들 부부의 몸과 마음이 하나일 수밖에 없는 한 남편이 자기 직업과 몸담고 있는 나라에 혐오와 염증을 느끼고 있고, 불만도 누그러들지 않았다는 사실을 그녀는 언제나 의식하고 있었다.

그녀 자신이 남편의 기질을 잘 모른다는, 상상할 수 없는 의심이 그녀를 사로잡았다. 하지만 그런 생각을 애써 떨치려 했다. 있을 수 없는 일이었다! 그녀가 틀렸을 리 없다. 모든 것이 그녀가 옳았음을 증명했고, 아니, 옳고도 남았다. 이 모든 것이 그녀가 그를 너무도 잘 이해하고 있기 때문에, 실제로 그를 이해하는 데 특별한 재능을 가지고 있기 때문이라고 아이린은 확신했다. 그녀는 한때 그것 때문에 결혼 생활에 실패할 뻔하기는 했어도 결국에는 그것 때문에 성공할 수 있었다고 자평했다. 그녀는 남편이 스스로에 대해 아는 것만큼 그를 알았다. 혹은 더 잘알았다.

그렇다면 무엇을 걱정하고 있는 걸까? 이런 일, 순간 폭발해 버린 불만 몇 마디야 분명 사그라들고 결국엔 꺼져 버릴 텐데. 그래, 그녀는 한때 그것이 사라졌다고 믿고 싶은 유혹을 자주 느꼈다. 하지만 그렇게 본능적으로 미묘하게 스스로를 속일 뿐 의심은 여전히 살아 있다는 사실을 오히려 더 또렷하게 의식하게 되었다. 하지만 결국엔 사라질 것이다. 그녀는 확신했다. 그녀가 자기 남자에게 방향을 제시하고 그를 인도하고 그가 바른 방향으로 계속 가도록 이끌어 주면 되는 것이었다.

그녀는 코트를 입고 모자를 잘 맞춰 썼다.

그래, 사라질 것이다. 그 옛날 그녀가 반드시 사라지게 만들겠다고 결심했던 때처럼. 하지만 그때까지, 여전히 불씨가 살아남아 그녀를 놀라게 할 만한 힘을 가진 동안에는 그것을 가두고, 억제하고 다른 일들로 그의 환심을 사야 했다. 그녀는 서둘러 새로운 계획을, 결단을 생각해 내야 할 것이다. 그녀는 잔뜩 짜증이 나 얼굴을 찌푸렸다. 아무리 순간적인 불만이라 하더라도 결코 가볍지 않았고 계속 그녀를 불안하게 할지 몰랐다. 아이린은 변화를 좋아하지 않았다. 특히 가정의 평화로운 일상을 흔드는 변화들이 그랬다. 아, 어쩔 수 없었다. 무슨 조치든 취해야 한다. 당장.

그녀는 지갑을 집어 들고 장갑을 끼며 층계를 달려 내려갔고 브라이언이 잡고 서 있던 문을 지나 바로 차에 올랐다.

"있잖아요." 그녀는 그의 옆자리에 앉으면서 말했다. "이렇게 당신하고 둘이 있게 되어 너무 좋아요. 우리가 그동안 너무 바빴잖아요. 정말 싫지만 어쩌겠어요? 그런데, 오랫동안 당신이랑 하고 싶었던 얘기가 있어요. 좀 진지하게 얘기하고 고민해 보고 싶은데."

자동차 엔진이 낮은 소리를 냈고 브라이언이 솜씨 좋게 차를 모는 동안 보도의 연석을 지나 한산한 거리로 들어섰다.

그녀는 남편의 옆얼굴을 바라봤다.

그들은 7번가로 들어섰다. 그가 말했다. "그래요, 얘기합시다. 심각한 문제를 해결하는 데 지금만 한 시간도 없지."

"주니어에 관해서예요. 학교에서 너무 진도가 빠른 게 아닌가 하는 생각이 들어요. 걔는 고작 열한 살짜리인걸요. 너무 앞서나가는 것도, 내 말은, 애한테 좋지 않다는 거죠. 당신도 알다시피, 너무 조숙해질까 봐 하는 말이에요. 물론 이런 일에 대해서는 당신이 나보다 더 잘 아니까. 당신 판단이 더 정확하죠. 그러니까 당신도 그런 느낌을 받았다거나 그런 생각을 해 봤다면 말이에요."

"아이린, 난 당신이 언제까지고 아이들에 대해 전전긍긍하지 말았으면 좋겠소. 애들은 괜찮아요. 더할 나위 없이 괜찮아. 착하고, 튼튼하고 건강한 사내애들이오. 특히 주니어는."

"그래요, 당신 말이 맞을 거예요. 당신이 이런 쪽 일을 더 잘 알기도 하고, 애들 일이라면 실수하는 법이 없으니까. (이런, 왜 그녀는 이 말을 했을까?) 하지만 그게 전부가 아니에요. 난 애가 학교에서 나이 많은 애들한테 이상한 생각이라도, 그게 뭐든, 주워듣게 될까 봐 그걸 걱정했던 거예요."

그녀는 의식적으로 가벼운 태도를 취했다. 그녀는 복잡한 도로 사정에 신경 쓰는 것처럼 보였지만, 여전히 브라이언의 얼굴을 자세히 주시하고 있었다. 그의 얼굴에 낯선 표정이 떠올랐다. 경멸과 혐오가 섞인 표정? 그런 것도 같았다.

"이상한 생각?" 그가 반복했다. "섹스 얘기 하는 거요, 아이린?"

"네에. 좋은 쪽으로 말고. 끔찍한 농담들이나 뭐 그런 거요."

"아, 알겠소." 그가 대꾸했다. 잠시 그들 사이에 침묵이 흘렀다. 잠시 후 그가 불쑥 따졌다. "그래서, 그게 어떻다는 거요? 섹스가 농담이 아니면, 그럼 뭔데? 그리고 농담이 뭐요?"

"당신 생각대로 해요, 브라이언. 당신 애들이잖아요."
그녀의 목소리는 확실하고 차분했지만 못마땅한 기색이
었다.

"그야 그렇지! 그런데 당신은 자꾸 그 애를 응석받이
로 만들려 하고 있잖소. 확실하게 말해 두겠는데, 난 용납
못해요. 당신이 그 애를 얌전한 유치원 같은 곳으로 전학
시키도록 내가 놔둘 거라고 생각하지 말아요. 그 애가 필
요한 지식을 좀 얻게 된다고 해서 말이오. 절대로 그렇게
는 안 돼. 주니어는 지금 다니는 학교에 다닐 거고 섹스에
대해서도 더 빨리 더 많이 배울수록 좋다고 생각해요. 섹
스야말로 대단한 농담, 세상에서 가장 위대한 농담인 것
을 알게 되면 더욱 좋지. 그래야 나중에 실망하지 않을 테
니까."

아이린은 대답하지 않았다.

인쇄소에 도착했다. 그녀는 차에서 내리며 단호하게
문을 쾅 닫았다. 그녀의 가슴은 절망으로 찢어질 듯 고통
스러웠다. 이런 식으로 행동할 생각은 없었는데, 그의 태
도에 대한 극도의 분노, 그가 제멋대로 그녀를 오해하고

책망하고 있다는 느낌이 그녀를 분개하게 만들었다.

인쇄소 안에서 그녀는 떨리는 입술을 진정시키고 치솟는 화를 가라앉혔다. 일을 다 마치고 조금 누그러진 기분으로 자동차에 올랐다. 그러나 여전히 고집스러운 침묵으로 무장한 브라이언에 대고 아이린은 금속성의 차분한 목소리로 말했다. "지금 돌아가지 않을래요. 좋은 옷을 한 벌 사고 싶어졌어요. 제대로 된 외출복도 하나 없으니. 버스 타고 시내로 가겠어요."

브라이언은 화를 참으로 잘 억제하면서도 동시에 드러내는, 사람을 정말로 약 올리는 그 공손한 태도로 모자를 잠깐 들어 올렸을 뿐이었다.

"잘 가요." 그녀는 싸늘하게 말했다. "데려다줘서 고마워요." 그러고는 길 쪽으로 돌아섰다.

이제 뭘 해야 하지, 그녀는 후회막심한 채 생각했다. 그렇게 서툴게 말을 꺼낸 자신에게 화가 났기 때문이었다. 내년에 주니어를 유럽 학교에 보내고 브라이언에게 아이를 데리고 가라고 제안하려던 것이 결과적으로 이렇게 되어 버렸다.

그녀가 좀 더 괜찮은 방식으로 계획을 잘 전달했더라

면 그는 수락했을 것이고(그가 그랬을 것임을 그녀는 확신했
다.) 그러면 그는 유럽행을 계기 삼아 아이린 스스로도 이
해할 수 없이 그토록 혐오스러워하는 그 안일한 단조로움
에서 벗어날 수 있었을 것이다.

그녀는 자신이 화를 터뜨린 것에 더 화가 났다. 그런
상황에서 그렇게 화를 내다니.

차츰 그녀의 언짢은 기분이 누그러들었다. 그녀는 스
스로에게 실망하고 부끄럽기는 해도 용기를 잃은 것은 아
니어서 첫 실패에서 대안을 찾아냈다. 아이린이 생각하기
에 아마도, 그녀가 갑자기 화를 냈고 그의 관심을 분산시
킬 생각에 너무 서두른 데다 그가 화를 내자마자 너무 윽
박질렀기 때문에 그의 의심과 고집이 강해졌을지도 모르
는 일이었다. 그녀는 그저 기다려야 했다. 더 적절한 때가
또 찾아 올 것이다. 내일, 다음 주 또는 다음 달. 그녀는 한
때 두려워했던 것처럼, 그가 모든 것을 집어던지고 가슴
속 욕망이 시키는 대로 그 먼 곳으로 달려갈까 봐 겁이 나
는 게 아니었다. 그가 그렇게 하지 않을 것임을 그녀는 알
고 있었다. 그는 약간 수줍은 자신의 방식대로 그녀를 좋
아하고 사랑하고 있었다.

그리고 두 아이가 있었다.

그녀는 남편이 행복해지기를 원했지만, 있는 그대로의 상태에서 그가 행복하지 않다는 사실이 유감스러웠고, 그가 행복해지기를 원하기는 해도, 오로지 그녀의 방식대로만, 그녀가 세워 놓은 계획대로만 행복해지기를 바란다는 사실을 그녀 자신은 결코 인정하려 들지 않았다. 또한 아이린은 아이들과 어느 정도는 그녀 자신을 위해서 거주지와 생활이 일정하게 보장되기를 원했으며 여기에 어떤 식으로든 위협이 되는 다른 모든 계획과 상황 들은 허용하지 않았다.

둘

클레어 켄드리가 사정하는 편지를 보낸 지 닷새가 지났다. 아이린은 답장하지 않았다. 클레어에게서도 다른 소식은 없었다.

그녀는 즉시 답장을 하리라던 당초의 계획을 실행에 옮기지 않았다. 클레어의 주소를 보기 위해 다시 편지를 열었을 때, 그녀가 그동안 아예 잊고 있었거나 제대로 알아차리지 못했던 사실 하나를 발견했기 때문이었다. 클레어 스스로 쌓은 그들 사이의 벽을 아이린이 나서서 허물지 않겠다는 굳은 결심 때문에 놓쳤던 것이리라. 클레어는 자신이 지정한 우체국으로 우편을 보내 줄 것을 요구하고 있었다.

그녀는 화가 났고 클레어에 대한 경멸과 멸시는 커졌다.

그녀는 편지를 쫙 찢어서 쓰레기통에 던졌다. 클레어가 지나치게 조심스러운 태도로 그들 관계를 비밀에 부치려 해서 화가 난 것이 아니었다. 그 부분은 아이린도 이해했다. 그녀가 화가 난 것은 클레어가 그녀의 조심성을 의심하고, 답장할 때 충분히 조심하지 않을 수 있다고 생각해 우체국을 지정했다는 생각 때문이었다. 늘 자신이 옳은 판단을 한다고 확신했던 아이린은 누군가 자신을 의심하는 듯한 상황을 견딜 수 없었다. 말할 것도 없이 클레어 켄드리는 그래서는 안 되었다.

조금 마음을 가라앉힌 뒤 그녀는 어떤 대답과 설명도, 어떤 거절도 하지 않는 편이 더 낫다고 결론 내렸다. 편지를 쓰지 않는 것으로 문제를 간단히 처리해 버리는 것이다. 클레어는 바보가 아니니까 침묵의 의미를 못 알아챌리 없을 것이다. 클레어는 그 사인을 무시하기로 마음먹을 수도 있고, 아이린이 확신하건대 무시하고 다시 편지를 쓰겠지만, 상관없었다. 모든 것이 자연스럽게 흘러갈 것이었다. 모든 편지는 쓰레기통으로, 모든 답장은 침묵으로.

무엇보다 그녀와 클레어가 다시 만나는 일은 결코 없으리라. 그렇다, 아이린에게는 당연한 결과였다. 어려서부터 그들이 진정으로 마음을 나눴던 적이 없으니까. 사실 그들은 서로 모르는 사람이나 마찬가지였다. 삶의 방식과 수단에 있어서, 욕망과 야심을 품는 것에 있어서도 마찬가지였다. 심지어 인종 의식에 있어서도 그랬다. 그들 사이의 장애물은 마치 클레어에게 검은 피가 한 방울도 섞이지 않은 것처럼 높고 넓고 견고했다. 실제로는 더 그랬다. 왜냐하면 비밀 하나로 사람들을 놀라게 하거나 위태롭게 만들 수 없는 사람들이 감히 상상할 수도, 알 수도 없는 그런 위험이 클레어에게는 늘 도사리고 있었기 때문이다.

저녁이 가까워지고 있었다. 10월 중순이 지났다. 일주일 내내 찬비가 내렸다. 비는 레드필드가의 저택이 있는 길 위에도 내렸고, 앙상한 나뭇가지에서 떨어진 시든 이 파리를 적시며 집 안까지 싸늘한 냉기를 끌어들였다. 문 앞에 벌써 추운 겨울이 와 있는 듯했다. 아이린의 방에는 나지막한 불이 타고 있었다. 흐릿한 회색 빛만 남아 있던 동네에는 어느 새 가로등이 켜져 있었다.

2층에서 어린 아이들의 목소리가 들려왔다. 이따금씩 주니어의 진지하고 자신감에 찬 목소리. 다시 테드의 아주 상냥한 목소리. 그리고 그들의 웃음소리가 흘러나왔고 몸싸움을 벌이는 소란스러운 소리, 장난감들을 집어던지는 소리도 들렸다.

주니어는 나이에 비해 키가 크고 생김새와 피부색이 믿을 수 없을 만큼 아버지를 닮았다. 그러나 성격은 브라이언보다는 그녀를 닮아 현실적이고 단호했다. 테드는 사색적이고 소심했으며 자신의 생각과 욕망을 표현하는 데 있어 적극적이지 못했다. 테드에게는 솔직하지 못한 면이 있었는데 아이린은 브라이언이 무언가를 의도적으로 묵인할 때의 모습과 비슷하다고 생각했다. 만일 그 애가 힘이 더 센 쪽이나 자신이 어찌할 수 없는 환경과 조건에 타협하면서 순진하고 매력적인 태도로 일관한다면, 그것은 싸움이나 불쾌한 논쟁을 벌이는 것을 혐오하기 때문이었다. 이것도 브라이언을 닮았다.

차츰 아이린의 생각은 주니어와 테드에게서 멀어져 아이들 아버지에게로 집중되었다.

점점 더 깊어지는 오랜 두려움, 그들의 미래를 둘러싼 두려움이 그녀를 엄습했다. 아무리 털어 버리려 애써도 소용없었다. 그가 전쟁에서 무사히 돌아온 이후, 겉으로는 그녀의 소망대로 남편이 무난하게 적응을 한 것 같았다. 그리고 이런 모습은 그 자신과 그가 가진 모든 것들을 마땅히 있어야 할 자리에 가만 두고 보지 못하는 브라이언의 방랑벽을 감춰 주었다. 그녀는 언뜻 문제없어 보이는 상황 앞에서 사실은 속수무책이라는 것을 인정하고 있었다.

그녀는 브라이언의 불만이 터져 나오는 것을 막지 못한 데 대해 점점 사그라드는 분노 대신 우울한 불안감을 느꼈다. 그에게 부족한 그 하나를 채워 주기 위해 그녀는 얼마나 노력하고 버둥거렸던가. 최선의 선택임을 증명하기 위해 소리 없이 애써 왔던 모든 것들, 그에게 쏟은 헌신, 어찌 되었든 표면적으로는 그녀 자신을 전부 내려놓

앴던 그 헌신이 이렇게 예기치 못한 순간 아무런 소용도 없어진단 말인가? 그렇다면 아이들은 어쩔 것인가? 그녀는? 브라이언 자신은? 끝도 없이 파고들어 봤자 대답은 찾을 수 없었다. 생각이 왕복 셔틀처럼 제자리를 맴돌며 격심한 피로를 느낄 뿐이었다.

2층의 소음은 점점 더 커지고 있었다. 아이린이 계단 쪽으로 다가가 아이들에게 조용히 하라고 주의를 주려던 순간 현관 초인종이 울렸다.

이런, 누구지? 그녀는 줄리나의 발소리에 귀를 기울였다. 문 쪽으로 자박거리며 걸어가는 발소리가 들리더니 이내 층계를 올라 침실 문을 가볍게 노크했다.

"네, 들어와요." 아이린이 말했다.

줄리나가 문 쪽에 서서 말했다. "레드필드 부인, 어떤 분이 부인을 만나러 오셨는데요." 이런 시간에 모르는 사람 때문에 안주인을 성가시게 하고 싶지 않다는 것을 알리려는 듯 조심스럽고 못마땅한 어조였다. "벨루 부인이라는 분인데요."

클레어!

"맙소사! 줄리나, 그 사람한테 말해요." 아이린은 말했다.

"내가 못 만난다고…… 아니, 만날게. 이리로 안내해요."

그녀는 줄리나가 홀을 지나 층계를 내려가는 소리를 들었다. 그리고 일어서서 녹색과 상아색이 배색된 드레스를 가볍게 두드리며 주름을 폈다. 거울 앞에서 콧등에 파우더를 바르고 머리를 빗었다.

그녀는 클레어에게 바로, 딱 부러지게 말할 작정이었다. 이렇게 와 봐야 소용없다고, 자기에겐 만날 이유도 없다고, 브라이언과 그 문제에 대해 의논했고 그도 자기의 의견에 동의했다고, 클레어를 위해서라도 만나지 말아야…….

그러나 거기까지가 그녀의 리허설이었다. 왜냐하면 클레어가 노크 없이 조용히 방으로 들어와 그녀가 인사를 하기도 전에 그녀의 검은 곱슬머리에 입을 맞췄기 때문이다.

클레어를 마주하자 아이린 레드필드는 문득 설명할 수 없이 애정이 차오르는 것을 느꼈다. 손을 내밀어 클레어의 두 손을 꽉 잡고 놀란 목소리로 외쳤다. "세상에! 클레어, 너 정말 아름답구나!"

클레어는 들은 척도 하지 않았다. 그저 털목도리와 작은 푸른색 모자를 침대 위에 던져 버리고는 아이린이 좋아하는 의자에 한쪽 발을 깔고 비스듬하게 앉았다.

"내 편지에 답장 안 할 작정이었니, 르네?" 그녀가 심각하게 물었다.

아이린은 눈을 돌렸다. 그녀는 사람이 철저하게 불친절하거나 철저하게 불성실하게 굴면서 느끼는 그 불편한 감정을 느꼈다.

클레어가 계속했다. "난 매일 그 구질구질한 작은 우체국에 갔었어. 아마 직원들은 내가 불륜 관계를 맺고 있는데 남자가 날 차 버렸다고 믿기 시작했을 거야. 매일 아침 똑같은 대답만 반복하거든. '당신한테 아무것도 안 왔는데요.' 난 정말 겁이 났어. 네 편지나 내 편지에 무슨 일이 났을까 봐. 밤이면 반쯤 깬 채로 누워서 촉촉하게 젖은 별들을 속수무책으로 바라보며 걱정하고 궁금해했어. 그러다 마침내 알게 되었지. 네가 편지를 쓰지 않았고 쓸 생각도 없다는 걸 말이야. 그래서, 아, 플로리다로 떠나는 잭을 배웅하자마자 곧바로 이리로 온 거야. 자, 르네. 내 편지에 왜 답장하지 않았는지 제발 솔직하게 말해 줘."

"왜냐하면, 그게……." 아이린은 말을 멈춘 채 담배에 불을 붙인 뒤 성냥불을 끄고 재떨이에 던지는 동안 클레어를 기다리게 만들었다. 그녀는 생각을 정리하고 싶었다. 클레어에게 할렘 사회의 어리석음에 대해 설명하는 것이 생각보다 더 어려울 것이라고 직감했기 때문이었다. 마침내 그녀가 말을 이었다. "난 네가 여기 와서는 안 된다고 생각해. 네가 흑인들을 만나는 건 위험해."

"네 말은 그러니까, 나를 원하지 않는다는 거니, 르네?"

아이린은 그녀가 그렇게까지 상처받을지 몰랐다. 다시 한번 아주 부드럽게 말했다. "아냐, 클레어. 그런 게 아냐. 하지만 너도 알아야 돼. 이게 엄청나게 어리석은 짓이라는 걸. 하여간 옳은 일이 아니라는 걸."

클레어가 눈부신 머릿결을 손으로 쓸어 넘기며 크게 웃었다.

"아, 르네!" 그녀는 외쳤다. "너 정말 재미있구나! 전혀 변하지 않았어. 옳은 일이라!" 몸을 앞으로 기울인 채 그녀는 못마땅해하는 아이린의 갈색 눈을 흥미롭게 들여다보았다. "세상에 이럴 수가. 어떻게 정확하게 그런 표현을! 누가 그럴 수 있겠어. 정말 믿을 수가 없군."

아이린은 자기도 모르게 자리에서 일어났다. "내가 정말 말해 주고 싶은 것은⋯⋯." 그녀가 대꾸했다. "위험하다는 거야. 그리고 바보처럼 그렇게 너를 궁지로 몰지 말라고. 누구든지 그러면 안 되지만, 특히 넌 안 돼."

그녀의 목소리가 떨렸다. 그녀의 마음속에 이상하고 엉뚱한 생각, 의심이 생겨났는데 그것이 깜짝 놀랄 만큼 충격을 주는 바람에 그녀는 자기도 모르게 자리에서 일어섰던 것이다. 즉 그녀 앞에 선 이 여자가 그 고집스런 이기심에도 불구하고 그녀, 아이린 레드필드가 결코 알지 못했던, 그렇다, 결코 알고 싶지 않았던 감정의 진폭을 능히 감당할 수 있는 사람이라는 생각, 그런 의심이 빠르게 떠올라 빠르게 사라졌다.

클레어가 말했다. "그래, 나!"

아이린은 순간적으로 떠오른 생각을 후회하듯 그녀의 팔을 부드럽게 만졌다. "그래, 클레어. 너 말이야. 안전하지 않아, 결코 안전하지 않아."

"안전이라!"

아이린에게는 클레어가 마치 그 단어를 이빨로 물어뜯어 휙 던져 버린 것처럼 보였다. 아주 짧은 순간, 그녀에게는 낯설고 혐오스럽기조차 한 감정을 클레어는 감당할 수 있다는 의심이 다시 고개를 들었다. 그녀는 막연하게 어떤 재앙이 임박했음을 느꼈다. 안녕과 안전을 무엇보다 중요시하는 그녀에게 클레어는 마치 "안전이라! 웃기는 일이지!"라고 말하면서 정말로 그렇게 생각하는 듯했다.

못 참겠다는 듯 아이린이 자리에 앉았다. 그리고 냉정하고 형식적인 어조로 말했다. "나와 브라이언이 모든 것을 터놓고 이야기했고 결국 그건 현명하지 못하다는 결론을 내렸어. 브라이언은 이렇게 다시 돌아오는 것이 위험하다고 생각해. 그랬다가 끝이 안 좋은 경우를 여러 번 봤어. 그리고 클레어, 네 상황을 보면, 벨루 씨의 태도며 그 모든 상황을 보면, 너 정말로 조심해야 한다는 생각이 안 드니?"

아이린이 말을 끝낸 뒤 짧은 침묵이 흘렀고 클레어의 낮고 굵은 음성이 그 사이를 비집고 들어왔다. 그녀는 거의 슬퍼하고 있었다. "내가 알아챘어야 했는데. 잭 때문이었구나. 네가 화가 난 것은 당연해. 하지만 그날 너의 행동은 정말 훌륭했어. 그래도 난 네가 이해해 줄 거라고 생각했는데, 르네. 어느 정도는, 그래서, 내가 다시 사람들을 만나고 싶어졌나 봐. 우리 만남이 갑자기 휘몰아쳐 와서 내 모든 것을 흔들었거든. 그렇지 않았더라면 나는 너희들 누구도 절대로 만나지 않고 끝까지 갔을 거야. 그러나 우리 만남이 내게 영향을 줬고 그 이후로 난 정말 외로워졌어! 넌 몰라. 가까운 사람이 한 명도 없다고. 정말로 이야기할 사람이 아무도 없어."

아이린은 담배를 꽉 쥐었다. 그러면서 그녀는 다시, 클레어 켄드리의 모습, 제 아버지의 얼굴을 경멸하듯 내려다보던 그 모습을 떠올렸고 남편이 자기 앞에 죽어 누워 있어도 그 여자는 마찬가지일 것이라 생각했다.

어느새 분노는 잊은 채 연민에 찬 어조로 그녀는 소리쳤다. "세상에, 클레어. 난 몰랐어. 용서해 줘. 정말 부끄러워. 그것도 못 알아차리다니 난 정말 바보야."

"아냐. 절대로 그렇지 않아. 네가 어떻게 알겠니. 아무도, 너희들 누구도 알 수 없어." 클레어가 신음했다. 검은 두 눈에 가득 찬 눈물이 뺨을 타고 내려와 무릎을 적시면서 값비싼 벨벳 드레스를 망가뜨리고 있었다. 그녀는 기다란 두 손을 살짝 들어 올린 채 꽉 쥐고 있었다. 침착하게 말하려고 노력했으나 잘 되지 않는 것 같았다. "네가 어떻게 알겠니? 어떻게? 넌 자유롭잖아. 행복하고. 그리고……." 막연하게 조롱하듯 말했다. "안전하고."

아이린은 그것을 느끼고도 모른 척했다. 클레어의 절박한 저항의 말들이 그녀의 눈물샘을 자극했기 때문이었다. 눈물을 흘리지는 않았지만. 사실 그녀는 우는 것이 자신과 어울리지 않는다는 것을 알고 있었다. 클레어처럼 매력적으로 우는 여자는 또 없을 것이다. "그래 그럴 거야." 아이린은 중얼거렸다. "누구도 완벽하게 행복하거나 자유롭거나 안전하진 않으니까."

"그래, 그렇다면, 무슨 상관이야? 우리가 어쨌건, 심지어 너마저도 안전하지 않다면, 우리는 어느 정도 위험을 감수하고 살고 있는 거잖아. 그러니 아무래도 상관없어. 나에게는 그래. 그리고 난 위험에 익숙해. 그리고 이 정도는 네가 생각하는 것처럼 그렇게 위험한 것도 아냐."

"아냐, 위험해. 자칫 모든 게 무너질 수 있어. 너에겐 딸이 있잖아, 클레어. 아이에게 생길 일도 생각해야지."

클레어의 얼굴에 놀란 표정이 떠올랐다. 아이린이 자기를 공격하는 이 새로운 무기에 대해 그녀는 전혀 준비되어 있지 않은 것 같았다. 잠시 그녀는 충격 속에서 입을 꽉 다문 채 앉아 있었다. "내 생각에……." 그녀는 드디어 입을 뗐다. "엄마가 되는 건 세상에서 제일 잔인한 일 같아."그녀의 움켜쥔 두 손이 다시 한번 앞뒤로 움직였고 주홍색 입술이 격렬하게 떨렸다.

　"맞아." 아이린이 순순히 동의했다. 그녀는 더 이상 말을 이을 수 없었다. 최근에 그녀 가슴속에 그렇게 자주 떠올랐던 생각을, 하지만 구체적으로 정의내리지 못했던 것을 클레어가 그토록 정확하게 말로 표현했던 것이다. 동시에 그녀는 이것이 자기에게 달린, 쉽게 간과할 수 없는 이유라는 것을 의식했다. "맞아." 그녀는 되풀이했다. "또 가장 책임을 느껴야 하는 일이지, 클레어. 우리 애 엄마들은 모두 제 새끼들 안전과 행복에 대해 책임이 있어. 만약 벨루 씨가 모든 사실을 알게 되면 마저리가 어떻게 될지 생각해 봐. 넌 그 애를 잃을지도 몰라. 그렇게 되지 않는다 해도 다시는 예전으로 돌아갈 수 없을 거야. 그는 딸애에게 흑인 피가 섞여 있다는 사실을 절대 잊지 못할 테니까. 그리고 그 애가 그걸 알게 된다면 말이지, 열두 살은 이미 너무 늦었다고 생각해. 그 애는 널 절대 용서하지 않을 거야. 넌 위험에 익숙해졌겠지. 하지만 이런 위험까지 감수하려 들지 마, 클레어. 이건 이기적인 변덕이고, 불필요하고 그리고……."

"줄리나, 뭐예요?" 그녀는 소리 없이 문 앞에 나타난 가정부에게 약간 퉁명스럽게 물었다.

"레드필드 부인, 전화가 왔는데요. 웬트워스 씨예요."

"알았어, 고마워요. 여기서 받을게." 그녀는 클레어에게 낮게 양해를 구한 뒤, 수화기를 들었다.

"여보세요…… 네, 휴…… 아, 네…… 당신은요?…… 미안해요, 전부 다 나갔어요…… 어머, 어쩌지요?…… 네, 그러게요. 썩 좋은 자리는 아닌데…… 네, 물론 순식간에 다 나갔지요…… 잠깐만!…… 됐어요. 내가 당신 옆자리와 바꿀게요. 당신이 그 자리에 앉아요. 아니…… 정말이에요…… 난 너무 바빠서, 내가 앉았는지 섰는지 모를 거니까…… 브라이언이 잠깐씩 앉을 수 있는 자리만 있으면…… 아무도 없어요…… 네, 괜찮아요. 됐어요. 비안카에게 안부 전해 주세요…… 내가 금방 처리하고 다시 전화할게요…… 안녕."

그녀는 수화기를 내려놓고는 이목구비가 뚜렷한 얼굴을 살짝 찡그리며 클레어를 돌아보았다. "N.W.L. 댄스 파티야." 그녀는 설명했다. "알잖아, 흑인복지연맹(Negro Welfare League)이라고. 내가 티켓 담당 위원회 소속이거든. 아니지 내가 위원회지. 다행히 내일 밤이면 다 끝나고 이제 일 년 동안은 없어. 지금 거의 미칠 지경이야. 나하고 자리를 바꾸자고 누구 한 사람 바로 설득해야 해."

"그 사람이 휴 웬트워스 아니었어?" 클레어가 물었다. "혹시 그 유명한 휴 웬트워스는 아니겠지?"

아이린이 고개를 갸우뚱했다. 그녀의 얼굴에 의기양양한 미소가 스쳐 갔다. "그래, 그 유명한 휴 웬트워스야. 그 사람 알아?"

"아니. 내가 어떻게 그 사람을 알겠어? 그렇지만 어떤 사람인지는 알아. 책도 한두 권 읽었고."

"정말 좋지 않니?"

"글쎄 …… 그런 것 같아. 내 생각에는 좀 삐딱한 사람 같아. 그게 누구든, 무엇이든 다 조금씩은 경멸하는 투던데."

"그렇다 해도 별로 놀랄 것도 없지. 어쨌든 그는 그만한 자격이 있잖아. 적어도 세 대륙의 오지 변방을 거쳤으니까. 온갖 위험한 장소에서 갖은 일들을 다 겪었고. 그가 우리를 자기만족에 겨운 게으름뱅이라고 생각하는 건 당연해. 그러나 휴는 사랑스럽고 관대한 편이야. 예수님 열두 제자 중 한 사람처럼 자기가 입고 있던 옷도 벗어 줄 사람이야. 아내 비안카도 좋은 사람이고."

"그런데 그 사람들이 네가 하는 댄스파티에 온다고?"

왜 안 되느냐고 아이린이 물었다.

"그런 남자가 흑인 파티에 가다니 좀 신기한데."

여기는 1927년 뉴욕이고, 수백 명의 휴 웬트워스 같은 백인들이 점점 더 많이 할렘의 행사를 찾고 있다고 아이린이 설명했다. 너무나 많이 오기 때문에 브라이언이 이런 말도 했다고. "조만간 흑인들은 아예 입장이 허락되지 않을 거야. 아니면 흑인 구역에만 앉든가."

"그런데 왜 오는 거니?"

"네가 여기 있는 것과 같은 이유지. 흑인을 보기 위해서."

"아니 그러니까 왜?"

"이유야 다양하지." 아이린이 설명했다. "어떤 사람들은 솔직히 말해서 그냥 놀러 오는 거고. 또 다른 사람들은 돈벌이가 될 만한 자료를 얻기 위해서 오고. 또 대다수는 흑인들을 보면서 셀럽이나 셀럽에 가까운 사람들을 구경하러 오지."

클레어가 손뼉을 쳤다. "르네, 나도 가야겠어! 정말 재미있겠는걸. 내가 못 갈 이유가 없지."

아이린은 두 눈을 가느다랗게 뜬 채 그녀를 쳐다보며 이 년 전 드레이튼 호텔 꼭대기에서 했던 생각을 떠올렸다. 클레어 켄드리는 지나치게 근사해 보였다. 아이린의 목소리에 빈정거림이 섞였다. "그렇게 백인들이 많이 오니까 너도 와도 되겠다는 소리니?"

클레어의 담홍색 뺨이 살짝 붉어졌다. 그녀는 손을 들어 반박했다. "바보같은 소리 마! 물론 아니야! 내 말은, 그런 무리 속에서는 내가 눈에 띄지 않을 거라는 거지."

아이린은 정반대로 생각했다. 심지어 두 배로 위험할 수도 있었다. 존 벨루나 클레어의 친구 또는 지인이 그녀를 알아볼 수도 있었다.

그 말에 클레어는 한참 동안 웃었다. 작고 경쾌한 웃음 소리가 이어졌다. 존 벨루의 친구가 흑인 댄스 파티에 간다는 생각이 그녀에게 세상에서 제일 재미있는 일인 것처럼.

"우리가 그걸 걱정할 필요는 없다고 생각해." 그녀는 한참 웃고 난 뒤 말했다.

아이린은 확신할 수 없었다. 그러나 클레어를 가지 못하게 설득해 봤자 소용없었다. 아이린이 말했다. "네가 거기서 누구를 만날지 절대 알 수 없는 일이야." 클레어는 대답했다. "아무 일 없을 거야. 모험을 해 보겠어."

"게다가 넌 아는 사람이라고는 한 명도 없을 거고, 나도 너무 바빠서 널 못 챙겨 줄 거야. 정말 지루할 거야."

"아냐, 난 안 그래. 아무도 나에게 춤을 청하지 않아도, 레드필드 박사님조차 그래도, 난 그냥 앉아서 셀럽이나 비슷한 사람들을 구경하기만 할 거야. 르네, 제발 날 초대해 줘."

아이린은 클레어의 매력적인 미소를 못 본 체하며 등을 돌리고 분명하게 말했다.

"초대하지 않겠어."

"어쨌든 난 갈 거야." 클레어가 대답했다. 그녀의 목소리는 아이린만큼이나 확고했다.

"아니, 안 돼. 넌 거기 혼자 갈 수 없어. 이건 공식 행사야. 온갖 종류의 사람들, 1달러만 내면 누구든지, 일거리를 찾는 직업 여성들도 올 수 있는 곳이라고. 네가 거기 혼자 가면 그런 여자들로 오해받을 수 있어. 썩 유쾌한 일은 아닐 거야."

클레어는 다시 소리 내어 웃었다. "고마워. 한 번도 그런 적이 없지만, 재미있겠네. 르네, 너에게 경고하는데, 네가 날 데리고 가지 않아도, 난 거기 참석할 거야. 나의 1달러도 다른 사람의 돈만큼 유용할 거니까."

"아, 결국 가겠다고! 클레어, 바보같이 굴지 마. 네가 어딜 가든, 무엇을 하든 난 상관 안 해. 난 네가 거기에 갔다가 네 상황 때문에 불쾌한 일이 생기거나 위험에 빠질까 봐 그걸 걱정하는 것뿐이야. 솔직히 말하면, 난 그런 싸움에는 절대 말려들기 싫어." 다시 자리에서 일어난 아이린은 창틀에 놓인 회색 돌항아리에서 작은 노란색 국화를 꺼내 펼쳐 놓기 시작했다. 그녀의 손이 가늘게 떨렸다. 아이린은 점점 짜증이 나고 참을성이 바닥나면서 거의 분개하고 있었다.

클레어의 얼굴은 다시 울음을 터뜨릴 듯 이상하게 보였다. 새틴 구두를 신은 그녀의 발이 안절부절못하면서 앞뒤로 흔들거렸다. 그녀는 사납게, 거의 격렬하게 말했다.

"빌어먹을 잭! 그가 모든 것을 방해해. 내가 원하는 모든 것을 말야. 그를 죽이고 싶어! 언젠가 죽이고 말 거야."

"나라면 안 그러겠어." 아이린은 그 여자에게 충고했다. "있잖아, 아직 사형 제도가 있어. 적어도 이 지역에는.

정말이지 클레어, 지난 날을 쭉 돌아봐도 네가 모든 비난을 그에게 돌릴 자격이 있는지 모르겠어. 그 사람도 나름의 입장이 있어. 넌 네가 흑인이라는 것을 말하지 않았잖아. 그러니까 네 남편은 네가 흑인들에 이렇게 연연해하는 걸, 또 흑인들을 검둥이니 검은 악마라고 부르는 소리를 들으면 네가 격분한다는 걸 알 도리가 없는 거야. 내가 보기에 너는 받아들일 건 받아들이고 포기할 건 포기해야 해. 우리가 전에도 말했던 것처럼, 모든 것에는 대가가 따르기 마련이잖아. 제발, 이성적으로 생각해."

그러나 클레어는 조심성뿐만 아니라 이성까지 내던져 버린 것이 분명했다. 그녀는 고개를 저었다. "그럴 수 없어, 난 그럴 수 없어." 그리고 말했다. "그럴 수 있다면야 그렇게 하겠어. 그런데 그럴 수가 없단 말이야. 넌 몰라, 내가 얼마나 흑인을 보고 싶어 하는지, 다시 그들과 함께 있고 싶은지, 그들과 이야기하고 그들의 웃음소리를 듣고 싶어 하는지, 넌 알 수가 없어."

그리고 그 여자가 아이린을 향해 짓는 그 표정 속에는 간절히 찾아내려 하면서도 속수무책인, 그러나 굳게 결심한 무엇인가가 담겨 있었다. 그것은 마치 아이린 자신의 영혼 속에 있는 헛된 탐색과 굳은 결심의 모습과도 닮아 보였으며 이는 클레어 켄드리에 관한 가책과 의혹을 증폭시켰다.

그녀는 승복했다.

"그래, 오고 싶으면 와. 네가 옳겠지. 한 번 온다고 무슨 큰일이야 나겠니."

아이린은 금방 그 말을 후회했으므로 고맙다고 장황하게 이야기하는 클레어에게 날카롭게 대꾸했다. "2층에 가서 우리 아이들 만날래?"

"그래, 좋아."

아마 브라이언은 줏대 없는 바보처럼 행동했다고 핀잔을 주겠지, 아이린이 계단을 올라가며 생각했다. 사실이 그랬다.

클레어는 미소 짓고 있었다. 그녀는 아이들의 놀이방 문 앞에 서서 엉겨 붙어 싸우다가 막 튕겨져 나간 주니어와 테드를 서늘한 눈으로 내려다보았다. 주니어의 얼굴에 기묘한 불만의 표정이 떠올랐다. 테드는 무표정했다.

클레어가 말했다. "화내지 마. 물론 내가 방해했다는 거 알아. 하지만 너무 방해하지는 않겠다고 약속하면 너희들, 날 들어가게 해 줄 거지."

"물론이에요. 들어오셔도 돼요." 테드가 말했다. "우리가 막을 수 없다는 거, 아시잖아요." 그는 미소 지으며 고개를 살짝 숙여 인사한 뒤 자기가 좋아하는 책들이 꽂혀 있는 책꽂이로 걸어갔다. 테드는 책을 하나 꺼내 의자에 앉아 읽기 시작했다. 주니어는 아무 말도 하지 않고 얌전히 서서 기다렸다.

"테드, 일어서. 버릇없이. 벨루 부인, 얘는 테오도르예요. 버릇없는 걸 용서하세요. 원래는 잘하는데. 그리고 얘는 브라이언 주니어. 벨루 부인은 엄마의 옛 친구셔. 어렸을 때 함께 놀았어."

클레어가 돌아간 뒤 브라이언에게서 일이 늦어져 시내에서 저녁을 먹고 오겠다는 연락이 왔다. 아이린은 한숨을 돌렸다. 그녀 역시 저녁 늦게 외출할 예정이고 그렇게 되면 아침까지 브라이언을 못 볼 테니 클레어와 흑인 복지연맹이 주최하는 댄스 파티에 대해 말하는 것을 몇 시간 더 미룰 수 있다는 소리였다.

그녀는 자신과 클레어에게 화가 나 있었다. 하지만 그

녀 자신에게 더 화가 났다. 클레어의 끈질긴 성화에 못 이겨 브라이언이 분명히 하지 말라고 했던 일을 해 버렸기 때문이다. 그녀는 남편을 심란하게 하고 싶지 않았다. 더구나 그가 그 터무니없는, 안절부절못하는 감정에 사로잡혀 있는 이런 때에는.

아이린은 또 짜증이 났다. 그녀는 스스로 성가시고 애매모호한 상태에 말려들 만한 상황을 자초한 셈이 되어 버렸다. 댄스파티가 끝이 아닐 수도 있었다. 집에서 브라이언뿐 아니라 밖에서 친구들이나 지인들과도 그럴 것이다. 그 반경 안으로 클레어 켄드리가 들어오는 것과 관련된 불쾌한 가능성이 짜증스럽게 꼬리를 물고 이어지며 눈앞에 떠올랐다.

클레어는 누가 반대하든, 다른 사람들의 욕망과 편의를 철저하게 무시하면서 여전히 자신이 원하는 것을 손에 넣고 있었다. 그녀에게는 단호하고 집요한 면이 있었는데, 바위 같은 힘과 인내심으로 밀어붙이면서 결코 남에게 무시당하거나 지려고 하지 않았다. 아이린이 보기에 클레어가 완벽하게 평화로운 삶을 누리는 것은 불가능해 보였다. 그녀 무의식 속에 웅크리고 있는 그 어두운 비밀이 있는 한. 그럼에도 그녀는 불확실한 미래를 걱정하느라 움츠러들지 않았다. 고통, 두려움 그리고 슬픔은 어떻게든 사람들에게 흔적을 남기는 것이 아니었던가. 그 강렬하고 고통스러운 감정, 심지어는 사랑조차도 우리 얼굴에 은밀한 표식을 남기는 법이었다.

그러나 어려서부터 매력적이고 조금은 외로운 아이였던 클레어는 이기적이고 변덕스러우며 사람들을 불안하게 만드는 그 모습 그대로였다.

셋

아이린 레드필드가 나중에 흑인복지연맹 주최의 댄스파티에 관해 기억하고 있는 것들은 그녀에게 중요하지 않고 상관도 없는 것처럼 보였다.

그녀는 클레어가 집에 다녀갔다고, 또 그녀를 댄스파티에 초대했다고 브라이언에게 말했을 때, 짜증을 감추고 있기는 하지만 그렇다고 냉담하지는 않았던 그의 미소를 기억했다.

그녀는 파티 당일 조금 늦게 아래층으로 내려가 서둘러 브라이언이 있는 거실로 들어섰을 때 그 자리에 클레어가 있는 것을 발견하고 낮은 감탄을 뱉었던 일도 기억했다. 클레어, 세련되고 빛이 나고 향기롭고 눈부신 그녀가 반짝이는 검은색 호박단으로 만든 근사한 가운을 입고 있었고, 넓게 퍼지는 긴 치마는 그녀의 매끈한 금빛 발 주위로 우아한 주름을 지으며 늘어져 있었다. 그녀는 윤기나는 머리를 부드럽게 뒤로 빗어 넘긴 채 목덜미에 작은 쪽을 지은 모습이었다. 두 눈이 검은 보석처럼 빛나고 있었다. 새로 마련한 무릎 길이의 장미색 시폰 코트를 입고 짧은 곱슬머리를 한 아이린은 자신이 촌스럽고 시시하게 느껴졌다. 그녀는 클레어에게 눈에 띄지 않는 평범한 옷을 입으라고 말해 두지 않은 것을 후회했다. 도대체 브라이언은 그 여자가 그렇게 의도적으로 관심을 끌려고 하는 것을 어떻게 생각할까. 하지만 비록 브라이언이 클레어 켄드리의 모습에서 어떤 짜증이나 불쾌함을 느꼈다 해도 적어도 불편한 죄의식을 느끼며 그의 얼굴을 바라보고 서 있는 아내에게 들키지는 않았다. 클레어는 브라이언을 보며 조심스러운 미소를 띤 채 그들은 이미 서로 인사했다고 설명했고, 브라이언은 재미있는 상황이라는 듯 냉소적인 미소를 띠고 있었다.

아이린은 차를 타고 북쪽을 향해 갈 때 클레어가 말한 것을 기억했다. "난 말이지, 어느 일요일에 우리가 크리스마스 트리를 만들러 갔던 때가 생각나. 깜짝 놀랄 일이 날 기다리고 있다는 것을 아는데, 그것이 무엇인지는 짐작할 수 없었지. 지금 정말 흥분돼. 넌 상상할 수도 없을 거야! 이렇게 가고 있다니 정말 멋져. 믿을 수 없어!"

클레어의 말과 어조에 깃든 싸늘한 경멸의 느낌이 아이린을 관통했다. 저 온갖 과장된 말들! 그녀는 무심해지려고 애쓰며 말했다. "아, 넌 기대했던 것보다 더 놀랄지도 모르지."

운전대에 앉은 브라이언이 대꾸했다. "별로 놀라지 않을 수도 있지. 클레어가 기대했던 그대로일 수도 있으니. 크리스마스트리처럼 말이야."

아이린은 이 사람 저 사람과 파티에 대해 의논하면서 사방으로 이리저리 바쁘게 오가며 이따금씩 어떤 남자와 춤을 추었던 것을 기억했다. 꽤 마음에 들게 춤을 추는 사람이었다.

그녀는 사람들의 소용돌이 속에서 어쩌다가 백인 남자와, 또 대개는 흑인과, 그리고 자주 브라이언과 춤을 추고 있는 클레어의 모습을 발견했다. 아이린은 브라이언이 클레어에게 친절한 것이 기뻤고, 클레어가 때로는 흑인 남자가 백인 남자들보다 더 낫다는 것을 발견할 기회를 갖게 되어 기뻤다.

그녀가 잠깐 숨 돌리는 사이, 비어 있는 특등석 의자에 몸을 던진 채 아래에 있는 근사한 사람들을 훑어보며 휴 웬트워스와 나눴던 대화도 기억했다.

젊은 남자들, 늙은 남자들, 백인 남자들, 흑인 남자들, 젊은 여자들, 나이 든 여자들, 홍조를 띤 여자들, 황금빛으로 치장한 여자들, 뚱뚱한 남자들, 마른 남자들, 키 큰 남자들, 키 작은 남자들, 몸집이 큰 여자들, 날씬한 여자들, 당당한 여자들, 자그마한 여자들이 그 옆을 스쳐 지나갔다. 옛 동요가 그녀 머릿속에 떠올랐다. 그녀는 자기 옆에 방금 자리를 잡은 웬트워스를 돌아보며 소리 내어 흥얼거렸다.

"부자 남자, 가난한 남자,

거지, 도둑,

의사, 변호사,

인디언 추장."

"그래요," 웬트워스가 말했다. "맞아요. 모든 사람이 다 여기 모인 것 같군요. 예상보다 더 많이 왔어요. 그런데 난 지금 동화 속에서 튀어나온 것 같은 저 금발 미인의 이름과 지위, 그리고 인종이 무엇인지 알아내려고 애쓰고 있소. 지금 랠프 헤이즐턴과 춤추고 있네요. 아주 좋은 대조를 이루고 있어요."

정말 그랬다. 클레어는 햇볕 내리 쬐는 대낮처럼 희고 빛났다. 헤이즐턴은 검었고 그의 눈은 달밤처럼 빛나고 있었다.

"저 친구는 제가 오래전에 시카고에서 알던 애예요. 그녀가 특히 당신을 만나고 싶어 했어요."

"그래요, 잘됐군요. 그런데, 저런, 봐요. 늘 생기는 일이 일어났소. 이 모든 사람들, 에 또, 이 모든 '유색의 신사들'이 백인 남자들을 제치고 그녀에게 점수를 딴 것 같네요."

"말도 안 돼요."

"사실이오. 이곳에 매료되어 온 모든 백인 숙녀들에게 일어난 일이지. 비안카를 봐요. 오늘 저녁 그 여자를 본 적이 없어요. 에티오피아 남자 손에 이끌려 춤추는 모습을 이따금씩 살짝 본 것 외에는."

"하지만 휴, 그건 인정하셔야죠. 대개는 흑인 남자가 백인보다 춤 솜씨가 낫잖아요. 말하자면, 여기 있는 셀럽들과 부유층 남자들이 백인들의 가무를 대변한다면 말이지요."

"남자들과 춤을 추어 본 적이 없어서 그건 잘 모르겠네요. 하지만 그 때문만은 아니라고 생각해요. 그것 말고 다른 것, 어떤 다른 매력이 있는 거예요. 여자들은 언제나 흑인의 잘생긴 모습에 열광하죠. 유난히 검은 남자를 더 좋아하고요. 예를 들어, 저기 있는 헤이즐턴을 봐요. 많은 여자들이 그가 매혹적으로 잘생겼다고 말하잖아요. 아이린, 어떻게 생각해요? 당신 눈에도 그가 황홀하게 아름답나요?"

"천만에요! 그리고 다른 사람들이 그렇게 생각한다고도 믿지 않아요. 정말이지 아니에요, 그들이 느끼는 것은 그러니까, 일종의 감정적인 흥분이겠죠. 알잖아요. 뭔가 낯선 것, 약간 혐오스럽기까지 한 존재 앞에서 우리가 느끼는 그런 종류의 감정 말이에요. 당신이 가지고 있는 온갖 아름다움의 개념과는 완전히 다르고 정반대라고 할 수도 있고요."

"그래요. 당신 말이 반은 옳은 것 같기도 해요."

"제 말이 맞다니까요. 전적으로. (물론, 저들 입장에서 시혜를 베푸는 듯한 친절은 말고요.) 그리고 전 그 반대로, 같은 것을 경험한 흑인 여자들을 알고 있어요."

"그럼 남자들은? 순전히 착취하러 온다고 사람들은 말하지만 당신은 동의하지 않지요. 혹시 동의하오?"

"아니요. 그보다는 호기심 때문이라고 말하겠어요." 웬트워스는 몽롱한 호박색 눈으로 그녀를 정말로 오랫동안 탐색하며 바라보았다. 그리고 말했다. "아이린, 이 모든 게 상당히 재미있군요. 우리 조만간에 이 얘기를 좀 더 합시다. 이곳에 처음 나타난, 시카고에서 온 당신 친구가 적절한 예 같은데."

아이린은 붉게 칠해진 입술 끝이 조금 올라갈 만큼만 미소했다. 웬트워스가 아이린과 자기 담배에 불을 붙였고 그의 넓적한 손 안에서 성냥불이 타올랐다가 곧 꺼졌다.

그가 물었다.

"혹시 적절한 예가 아닌가요?"

그녀의 미소가 웃음으로 변했다. "당신, 정말 영리해요. 당신은 대개 눈치가 빠른 편이죠. 염소와 양을 구별할 줄 안다니까요. 당신 생각은 어때요? 저 여자가 적절한 예 같아요?"

그는 생각에 잠겨 동그란 담배 연기를 길게 내뿜었다. "내가 어찌 알겠소! 가끔은 내가 사람들의 속임수를 알아냈다고 확신하다가도 금세 어떤 사람들은 끝내 못 알아본다는 사실을 알게 되더군요. 내 목숨이 걸린 문제라고 해도요."

"아, 걱정하지 말아요. 아무도 알 수 없어요. 눈으로 봐서는 몰라요."

"눈으로 봐서는 모른다? 그 뜻인즉?"

"설명할 수 없군요. 정확하게 못 하겠어요. 방법은 있어요. 그러나 명확하지도 않고 구체적이지도 않아요."

"당신 '친척 같은' 그 비슷한 느낌이오?"

"천만에, 아니에요! 시댁 식구들 말고 '친척 같은' 사람들 없어요."

"그야 그렇죠! 그래도 양과 염소에 관해 더 말해 봐요."

"그래요, 도러시 톰킨스의 경우를 보세요. 난 그 여자를 여럿이서 단체로 몇 번 만났어요. 그 여자가 흑인이 아니라는 걸 알기 전에 말이에요. 어느 날 끔직한 티 파티에 간 적이 있어요. 부담스럽게 상류층 티를 내는. 거기 도러시가 있었고 우린 이야기를 하게 됐어요. 채 오 분도 되기 전에 난 그 여자가 백인인 걸 알았죠. 그 여자의 행동이나 말 때문도 아니고 외모 때문도 아니었어요. 단지, 단지 어떤 느낌 때문이었어요. 콕 집어 말할 수 없는 그런 것이요."

"그래요, 당신이 무슨 말을 하는지 알겠어요. 그래도 많은 사람들이 언제나 그런 식으로 상황을 용케 '패스'해요."

"우리 쪽에서는 그렇지 않아요, 휴. 흑인이 백인 행세를 하는 것은 쉬워요. 그러나 백인이 흑인인 척하기란 그리 단순하지 않을 거예요."

"그 생각은 해 본 적이 없군요."

"그럴 거예요. 당신이 왜 그런 생각을 하겠어요?"

그는 담배 연기 사이로 나무라듯 그녀를 쳐다보았다. "나와 그만 얘기 하겠다는 거요, 아이린?"

그녀는 정색하고 말했다. "아녜요, 휴. 그러기에는 당신을 너무 좋아해요. 또 당신은 지금 너무 진지하고요."

그리고 그녀는 댄스파티가 끝날 무렵 브라이언이 와서 했던 말을 기억했다. "당신을 먼저 내려 준 다음 클레어를 데려다주겠소." 그녀가 그에게 걱정 안 해도 된다고, 비안카 웬트워스에게 클레어를 챙기라고 말해 두었다고 설명했을 때 그의 의아한 표정을 기억했다. 그가 물었다. 클레어에 관해 그들에게 말한 것이 잘한 일이라 생각하느냐고.

"난 아무 말도 안 했어요." 그녀는 날카롭게 대꾸했다. 그녀는 견딜 수 없이 지쳐 있었다. "클레어가 월싱엄에 머문다는 것 외에는요. 그들과 같은 방향이잖아요. 그리고 사실 난 그 행동이 맞는지 아닌지 생각해 본 적도 없는데, 지금 보니, 당신보다는 그들이 클레어를 데려다주는 편이 훨씬 낫네요."

"좋으실 대로. 당신 친구니까." 그는 상관 않겠다는 듯 어깨를 으쓱하며 대답했다.

두어 개의 서로 상관도 없는 이런 일들을 제외하고 그 댄스파티는 희미한 기억 속으로 사라졌다. 그리고 그 기억은 그녀가 과거에 갔었고 앞으로도 가게 될 같은 종류의 다른 댄스파티들과 뒤섞였다.

넷

그 파티가 유별난 것으로 보이지 않았다 해도, 그럼에도 불구하고 그것은 중요했다. 왜냐하면 그것은 아이린 레드필드에게 새로운 변수가 되어 그녀의 삶에 흔적을 남겼기 때문이다. 그것은 클레어 켄드리와의 새로운 우정의 시작이었다.

클레어는 그 이후 자주 그들을 보러 왔다. 그녀는 올 때마다 감탄할 만큼 늘 즐거움에 차 있었고 그것은 레드필드 집안 곳곳에 생기를 불어 넣었다. 그러나 아이린은 그녀의 방문이 즐거운 일인지 성가신 일인지 도무지 알 수 없었다. 물론 그녀가 성가시게 구는 것은 아니었다. 특별히 그녀에게 손님 시중을 들 필요도 없었고 심지어 알은척하지 않아도 괜찮았다. 그러니까 클레어를 못 본 체할 수 있다면 말이다. 아이린이 외출했거나 다른 일을 하고 있을 때면 클레어는 테드와 주니어와 아주 행복하게 즐거운 시간을 보낼 줄 알았다. 테드와 주니어는, 특히 테드는 클레어에 대해 숭배에 가까운 감정을 드러냈다. 또 아이들이 없으면, 그녀는 부엌으로 내려가서 아이린이 보기에 민망할 만큼 어린 아이 같은 태도로 눈치도 없이 줄리나나 사디와 즐겁게 이야기하며 시간을 보냈다.

아이린은 클레어가 놀이방과 부엌에 드나드는 것이 속으로는 싫으면서도 말로 표현하기 거북한 어떤 분명하지 않은 이유 때문에 그러지 말라고 이야기하지 않았다. 또는 클레어가 자기 딸 마저리라면 아이들을 그렇게 버릇없게 만들지도 않을 것이고, 백인 가정부와는 그렇게 친밀하게 지내지 않을 것이라며 넌지시 핀잔을 주지도 않았다.

브라이언은 이 모든 일들을 한 발 떨어져서 흥미롭게

바라보곤 했는데, 이는 클레어를 향한 그의 태도이기도 했다. 아이린이 클레어가 댄스파티에 동행한다고 알렸을 때 희미한 경멸 섞인 놀라움을 나타낸 이후 그는 클레어의 방문에 대해 어떤 거부감도 보이지 않았다. 반면 그녀를 반긴다고도 말할 수 없었다. 아이린이 판단하건대, 클레어의 방문은 그를 성가시게 하지도 불편하게 하지도 않았다. 그뿐이었다.

한번은 그녀가 남편에게 물었다. 클레어가 눈부시게 아름답지 않느냐고.

"아니." 그가 대답했었다. "특별하게 아름답지는 않아."

"브라이언, 당신 거짓말하는군요!"

"아니, 정말이야. 내가 까다로울 수도 있지. 백인 중에서는 대단히 예쁘게 생긴 편이겠지. 근데 난 더 새까만 피부가 좋아. 내가 생각하는 최고의 이상형과 비교하자면 그녀는 한마디로 거리가 멀지."

클레어는 때로 아이린 부부와 함께 파티에 가거나 춤추러 갔고, 아이린이 시간을 낼 수 없거나 외출하고 싶지 않을 때에는 두어 번 브라이언하고만 브리지 파티나 자선 댄스파티에 가기도 했다.

때로는 그들의 저녁 식사에 클레어를 정식으로 초대하기도 했다. 그러나 그녀는 사교적인 분위기와 매너를 갖추었음에도 저녁 식사에 어울리는 손님이 아니었다. 그녀를 바라보며 음식을 맛보는 미학적 기쁨을 제외하면, 그녀는 아무런 도움도 되지 않았다. 그녀는 대부분 최면에 걸린 듯한 두 눈에 꿈꾸는 듯한 이상한 표정을 하고 말없이 앉아 있었다. 그러나 자신의 목적을 위해서는, 카바레에 가기 위해 모인 그룹에 끼고 싶을 때나, 댄스파티나 티 파티에 초대받고 싶을 때는, 유창하고 재미있게 이야기할 줄 알았다.

사람들은 대체로 그녀를 좋아했다. 그녀는 너무도 친절했고 다른 사람의 말에 잘 호응했으며 기꺼이 모든 이들에게 달콤한 아첨의 말들을 했다. 그녀는 제대로 대접을 못 받는 것처럼 보여서 사람들이 그녀를 측은하게 여기며 동정해도 개의치 않았다. 그리고 모임에 자주 등장했지만 그녀는 여전히 그들과는 거리가 먼, 약간 신비스럽고 이상한, 사람들이 궁금해하고 동경하고 측은해하는 인물로 남아 있었다.

그녀의 방문은, 말하자면 존 벨루가 도시에 있는가 없

는가에 달려 있었으므로 날짜가 정해져 있지 않고 불확실했다. 그러나 그녀는 이따금 그가 출장을 떠나지 않았을 때조차 오후에 몰래 윗동네를 방문하기도 했다. 특별히 발각될 위험 없이 시간이 지나가자 아이린조차도 클레어의 남편이 아내의 인종적 정체성을 우연히 목격하게 될 가능성에 대해 걱정하지 않게 되었다.

그들의 딸 마저리는 클레어와 벨루가 초봄에 돌아갈 것이므로 스위스의 학교에 남아 있었다. 3월이 되었을 때, 클레어가 말했다. "생각만으로도 끔찍해!" 그녀는 한 동안 돌아가지 않겠다는 듯 중얼거리곤 했다. "그러나 어떻게 그럴 수 있을지 모르겠어. 잭은 내가 여기 남겠다는 말을 들으려고도 하지 않을 거야. 두어 달만 더 뉴욕에 남을 수 있다면, 내 말은 나 혼자 말이야. 그럼 세상에서 제일 행복한 사람이 될 텐데!"

"일단 떠나면 또 충분히 행복해질 거야." 어느 날 그녀가 떠날 날이 다가오는 것을 애통해하자 아이린이 말했다. "잊지 마, 마저리가 있잖아. 이렇게 오랫동안 떨어져 있다가 그 애를 만나면 얼마나 기쁠지 생각해 봐."

"아이가 전부는 아니야." 클레어가 대답했다. "세상에는 다른 것도 있어. 다른 사람들은 그렇게 생각하지 않을 수도 있겠지만." 그러면서 그녀가 웃었다. 자기 말에 웃는다기보다 그 여자만의 어떤 비밀스러운 농담에 웃는 것 같았다.

아이린이 대답했다. "클레어, 너 그런 뜻으로 말한 거 아니잖아. 넌 그저 날 놀리려는 거야. 내가 엄마라는 역할을 아주 진지하게 생각하고 있다는 걸 아니까. 난 육아와 집안일에 완전히 빠져 있어. 어쩔 수 없어. 그리고 정말이지, 이게 비웃을 일은 아니라고 생각해." 아이린은 자기 말과 행동이 요조숙녀 흉내를 내는 것처럼 들린다는 것을 알고 있었지만 아닌 체할 여력도 없었고 그럴 필요도 느끼지 못했다.

클레어는 갑자기 정색을 하고 다정하게 말했다. "네가 맞아. 비웃은 게 아니야. 널 놀린 건 미안해, 르네. 넌 너무 착해." 그러고는 손을 내밀어 아이린의 손을 정답게 꼭 쥐었다. "어떤 일이 일어나도……." 클레어가 덧붙였다. "네가 얼마나 나에게 잘해 주었는지 잊지 않을 거야."

"별소리를 다해!"

"아, 정말이야, 넌 나에게 늘 친절했어. 내가 멋대로 행동하는 건 너처럼 윤리의식이나 책임감을 갖고 있지 않기 때문이야."

"너, 지금 정말 이상한 말을 한다."

"아니야, 맞아, 르네. 내가 너랑 완전히 다르다는 거 모르겠어? 그래, 정말로 원하는 것을 갖기 위해서라면 난 무슨 일이든 하고 누구든지 상처 입히고 어떤 것도 던져 버릴 수 있어. 정말이야, 르네, 난 위험해." 그 여자의 표정은 물론이고 목소리마저 간절하고 진지했으므로 아이린은 막연한 불안감을 느꼈다.

아이린이 말했다. "난 그 말을 믿지 않아. 첫째, 네가 말하는 것은 완전히 틀려. 네가 내던져 버린 것들은……." 그녀가 말을 멈췄다. 클레어의 소유욕을 그녀 식대로 정의할 적절한 단어를 찾지 못해 당황했기 때문이다.

그러나 클레어는, 아이린이 알 수 없는 이유로, 눈물을 참으려 하지도 않은 채 소리 내어 울기 시작했다.

3부

종말

하나

한 해가 끝나가고 있었다. 10월, 11월이 다 지나갔다. 12월이 오면서 눈도 조금 내렸고, 그 다음 찬 바람, 그 다음 서리, 그러다 다시 며칠간 봄기운이 도는 부드럽고 쾌적한 날들이 계속되었다.

이렇게 날씨가 온화하면 전혀 크리스마스같지 않다고, 7번가에서 나와 그녀가 살고 있는 거리로 들어서면서 아이린은 생각했다. 서늘하게 춥거나 눈이라도 올 듯 흐리고 구름이 끼어 있어야 할 계절에 날씨가 봄처럼 포근한 것을 그녀는 좋아하지 않았다. 날씨도 사람들처럼 계절에 맞게 변해야 하는데. 한편 뉴욕 사람들 대부분은 휴일 분위기에 젖어 있었다. 그녀가 지나 온 거리에는 흙탕물이 이리저리 흐르고 있었고, 해가 아주 따뜻하게 내리쬐고 있어 아이들은 모자와 목도리를 벗어 버렸다. 마치 4월처럼 모든 것이 정말 온화했다. 부활절에나 어울릴 그런 날씨였다. 분명 크리스마스는 아니었다.

마지못해 인정한 것이지만 그녀 자신도 올해에는 제대로 크리스마스를 즐기지 못했다. 하지만 날씨를 어쩔수 없듯 그 또한 어쩔 수 없었다. 아이린은 지치고 우울했다. 아무리 애를 써도 점점 더 집요하게 그녀를 짓누르는 그 지루하고 막연한 불행에서 벗어날 수가 없었다. 그날 아침 그녀가 외출할 구실로 꽃을 주문한 뒤 오랫동안 어수선한 할렘가를 정처 없이 헤매고 다닌 것도 그 느낌으로부터 벗어나기 위해서였다.

그녀는 우유색 돌계단을 따라 집 안으로 들어선 뒤 주방으로 들어갔다. 티 파티에 초대한 손님들이 오기로 되어 있었다. 하지만 사디와 줄리나와 몇 마디 나눠 보니 그녀가 신경 쓸 만한 것은 딱히 없었다. 고마웠다. 더 이상 신경 쓰고 싶지 않았던 그녀는 2층으로 올라가 옷을 벗고 침대로 들어갔다.

그녀가 생각했다. "차를 마시러 사람들이 오든 말든!"

그녀가 생각했다. "이게 다 브라질 때문이라면, 그것만 짚고 넘어가면 될 텐데."

그녀가 생각했다. "그것이 무엇이든, 알 수 있다면, 감당할 수 있는데."

다시 브라이언이었다. 그는 불행했고 안절부절못했으며 다시 자기 안으로 숨어 버렸다. 그동안 남편의 우울 성향을 이해하고 그 원인과 치료법까지 안다고 자부해 왔던 그녀지만, 발작적인 지금까지의 불안과 매우 비슷하면서도 또 완전히 다른 이번 일을 이해할 수도, 그 실체를 파악할 수도 없었다. 점점 더 그녀에게는 납득할 수도 견딜 수도 없는 일이 되어 갔다.

그는 한동안 마음을 잡지 못하는가 하면, 또 그런 것만도 아니었다. 그는 불만에 가득 차 있다가도 때로는 크림을 훔친 고양이처럼 비밀스럽고 맹렬한 만족감에 사로잡혀 있는 듯했다. 그는 아들들에게, 특히 주니어에게 자주 짜증을 냈다. 아버지가 우울증에 빠지는 때를 기막히게 알고 있는 테드는 가능하면 그를 거스르지 않으려 했기 때문이리라. 그럼에도 아이들이 그의 신경에 거슬리면, 그는 격렬하게 화를 냈다. 평소 훈육 방침이기도 했던 부드럽고 냉소적인 말투는 온데간데없었다. 반면 그녀에게는 평소보다 더 진중하고 사려 깊게 굴었다. 그녀가 남편의 예리한 냉소를 마주한 지 몇 주가 흘렀다. 그는 시간을 재면서 기다리고 있는 사람 같았다. 도대체 무엇을 기다리고 있단 말인가? 그 오랜 세월 남편을 잘 알고 있다고 믿었는데, 지금 그가 무엇을 기다리는지조차 알아낼 수 없다는 것은 예삿일이 아니었다. 그를 관찰하며 인내심을 가지고 노력했음에도 여전히 그의 마음이 변한 이유를 알아내지 못했다는 생각에 불길한 두려움이 엄습했다. 무언가 경계하는 듯한 남편의 조심스러운 태도가 그녀에게는 부당하고 무례해 보였고 무서웠다. 마치 그가 그녀의 손이 닿지 않는 낯설고 고립된 어떤 영역으로 넘어가 버려서 더 이상 그를 구할 수 없게 되어 버린 것 같았다.

아이들이 학교에서 돌아오기 전에 잠시라도 눈을 붙일 수 있다면 정말 좋을 텐데, 생각하며 아이린이 눈을 감왔다. 최근에 셀 수 없이 많은 밤을 뜬 눈으로 보낸 탓에 그녀는 몹시 피곤을 느꼈지만 잠을 이루지 못했다. 의혹과 불안에 가득 찬 그 밤들.

그러나 이번에 그녀는 잠에 들었다. 몇 시간이 지났을까.

잠에서 깨어나 알 수 없는 표정을 담은 눈으로 침대 옆에서 그녀를 내려다보고 서 있는 브라이언을 발견했다.

그녀가 말했다. "잠이 푹 들었나 봐요." 예전의 미소를 떠올리게 하는 장난기 어린 표정이 그의 얼굴에 스쳐 지나갔다.

"4시가 다 되어 가는데……." 그가 말했다. 그녀가 또 늦었다고 다그치는 것이리라.

그녀는 재빨리 대꾸하려다 말을 삼키며 말했다. "이제 일어나요. 당신이 날 깨울 생각을 다 하고, 고마워요." 그녀가 일어나 앉았다.

브라이언이 고개를 숙이며 답했다. "언제나 세심한 남편이니까."

"정말 그래요. 다행히 모든 게 다 준비되어 있어요."

"당신만 빼놓고. 아, 클레어가 아래층에 와 있소."

"아, 클레어가! 성가시게! 난 부르지도 않았어요."

"그렇군. 이유를 물어도 되겠소? 아니면 은밀한 여자들만의 이유라서 나는 이해하지 못하는 거요?"

그에게 다시 미소가 살짝 나타났다. 익숙한 그의 장난기 때문에 우울감을 어느 정도 떨쳐 버리기 시작한 아이린은 거의 명랑하게 말했다. "전혀 안 그래요. 어쩌다 보니 이번 파티가 휴를 위한 것이 되었고, 또 어쩌다 보니 휴는 클레어를 썩 좋아하지 않잖아요. 그래서 우연히 파티를 주관하게 된 입장에서 클레어를 부르지 못한 거예요. 아주 간단한 이유죠. 안 그래요?"

"그렇소. 그렇게 간단하니까 그 뒤에 무언가 다른 게 있다는 생각이 드는군요. 아마도 휴가 당연히 받겠거니 생각했던 감탄과 관심을 클레어는 표현하지 않았던 거겠지. 세상에서 제일 간단한 이유지."

아이린은 놀라서 외쳤다. "어머, 난 당신이 휴를 좋아하는 줄 알았는데! 그렇게 바보 같은 소리를 당신이 믿다니, 말도 안 돼요!"

"아, 휴는 자기가 신이라고 생각하고 있어요. 당신도 알잖소."

"절대로 그렇지 않아요." 아이린은 침대에서 나오며

단언했다. "그는 자기가 신보다 낫다고 생각할 걸요. 당신도 휴를 속속들이 꿰고 있으니 어느 정도는 이해하겠지만 말이에요. 휴가 신을 얼마나 우습게 생각하는지 당신이 기억한다면, 그런 바보같은 말은 안 할 거예요."

그녀는 옷장으로 걸어가 드레스를 꺼낸 뒤 의자걸이에 걸쳐 놓고 구두를 그 옆에 내려놓았다. 그리고 화장대 앞에 앉았다.

브라이언은 아무 말도 하지 않았다. 그는 특별히 무언가를 쳐다보는 것 같지도 않으면서 침대 옆에 가만히 서 있었다. 분명 그녀를 보는 것은 아니었다. 사실 그의 시선은 그녀를 향해 있었지만 아이린은 자신이 유리창에 불과하며 남편이 그녀를 통해 무엇인가를 응시하고 있다고 느꼈다. 그녀는 불편해졌다. 화가 났다.

그녀가 말했다. "휴는 총명한 여자를 더 좋아하는 거죠."

그가 깜짝 놀란 게 분명했다. "당신은 클레어가 멍청하다고 생각한단 말이오?" 그는 눈썹을 치켜 올리고 그녀를 바라보며 강한 불신이 담긴 목소리로 물었다.

그녀는 얼굴에서 콜드크림을 닦아 내며 말했다. "아뇨, 그렇지 않아요. 클레어가 멍청하다니요. 그만하면 충분히 여자로서 똑똑하죠. 18세기 프랑스에 태어났더라면 정말 좋았을 거예요. 또는 흑인으로 태어나는 실수만 범하지 않았더라면 옛 남부도 꽤 어울렸을 거고."

"알겠소. 달콤한 말을 속삭이면서 떨어뜨린 부채들을 집으며 절하는 애인들을 거느릴 만큼은 총명하다는 소리군. 꽉 끼는 코르셋을 입고 말이야. 그림이 아주 예쁘겠어. 그런데 내가 듣기에 당신 말 속에는 앙큼한 뼈가 있는 것 같은데."

"아, 그렇다면 당신이 잘못 들었다는 말밖에는 할 말이 없군요. 클레어의 아름다운 외모뿐만 아니라 그녀 특유의 총명함을 나만큼 아끼는 사람은 없어요. 그러나 그녀는 그렇지도 않고…… 그랬던 적도 없고…… 아, 설명 못 하겠어. 예를 들어 비안카를 봐요. 아니면 같은 인종 중에, 펠리스 프릴랜드를 봐요. 지성과 미모를 다 갖췄잖아요. 누구하고 있어도 자기 주관을 지키는 진정한 지성인이라고요. 클레어도 뭐 그러니까, 자기한테 유용한 방향으로 머리를 쓸 줄 알아요. 말하자면 자기가 쟁취하고자 하는 것에요. 하지만 클레어는 휴 같은 사람을 정말 지루하게 만들 거예요. 어쨌건 아무리 클레어라 해도 초대받지도 않은 사적인 파티에 나타날 거라고는 생각도 못했어요. 클레어답네요."

한동안 침묵이 흘렀다. 그녀는 환한 붉은색으로 도톰한 입술 주위를 정돈했다. 브라이언은 문 쪽으로 움직였다. 그의 손이 문의 손잡이를 잡았다. 그가 말했다.

"미안하오, 아이린. 순전히 내 잘못이오. 그 여자가 초대받지 못했다는 사실에 너무 상처받은 것 같아서 내가 불렀소. 틀림없이 당신이 잊어버린 모양이니 그냥 오라고."

아이린이 외쳤다. "하지만 브라이언, 난……." 그러다가 자기 속에서 확 달아오른 맹렬한 분노에 놀라 말을 중단했다.

브라이언이 머리를 획 돌렸다. 야릇한 놀라움으로 그의 눈썹이 치켜 올라갔다.

그녀에게서 이상한 목소리가 흘러나왔다. 그러나 그녀는 남편의 그런 태도가 자기 목소리 때문이 아니라는 것을 본능적으로 느꼈다. 어깨를 약간 펴는 그의 동작. 그것은 일격을 받아 내기 위해 스스로를 추스르는 남자의 행동이 아니던가. 그녀의 두려움이 새빨간 창이 되어 두려움에 떠는 심장을 겨누는 것 같았다.

클레어 켄드리! 그랬구나! 말도 안 돼. 있을 수 없는 일이야.

그녀는 자기 앞에 있는 거울을 통해 그가 여전히 약간 놀란 얼굴로 자신을 바라보고 있는 것을 확인했다. 그녀는 테이블 위에 있는 병들과 단지 위로 눈을 떨구고 두 손으로 그것들을 더듬기 시작했다. 손가락이 떨렸다.

"그래요." 그녀는 조심스럽게 말했다. "당신이 클레어를 초대해서 기뻐요. 내가 조금 전에 그런 말을 하긴 했지만, 클레어는 어떤 파티에도 도움이 돼요. 너무나 매력적이니까."

그녀가 다시 올려다보았을 때, 그의 얼굴에서 놀란 기색이 사라졌고 긴장도 풀린 뒤였다.

"그렇소." 그가 동의했다. "아, 서둘러야겠군. 우리 둘 중 한 사람은 내려가 있어야지."

"당신 말이 맞아요. 한 사람은 내려가야죠." 그녀는 아무 일 없는 듯한 자신의 말투에 놀랐다. 그 둔하고 막연한 두려움이 돌연 날카로운 공포가 되어 심장을 사로잡고 있음에도 불구하고 말이다. "금방 내려갈게요." 그녀가 약속했다.

"알겠소." 브라이언이 여전히 머뭇거렸다. "당신, 정말이지, 내가 그 여자를 초대한 것, 괜찮은 거지? 내 말은, 크게 개의치 않지? 당신에게 미리 말했어야 했다는 걸 이제 알겠소. 여자들이 어떤 일에 대해 이유를 가지고 있다면 그걸 믿어야지."

그녀는 그를 바라보고 가까스로 미소를 지은 뒤 몸을 돌렸다. 클레어! 정말 지겨워!

"그래요." 그녀는 천연스럽게 말하려고 애쓰며 대답했다. 그녀의 마음속에서 굳어 버린 감정들이 사라지지 않고 그대로 억눌리는 것을 느꼈다. 그리고 그것은 점점 커지며 부풀어 오르고 있었다. 왜 브라이언은 안 내려가는가? 왜 안 가는 거야?

그가 드디어 문을 열었다. "당신, 금방 내려올 거지?" 그가 다시 확인하며 물었다.

그녀는 말을 할 수가 없어서 고개를 끄덕였다. 목이 메고 가슴 속에서는 날개가 펄럭이듯 혼돈이 일었다. 그가 나가면서 그녀 뒤로 조용히 문이 닫히는 소리가 들렸다. 마침내 그가 갔다. 아래층에 있는 클레어에게로.

오랫동안 그녀는 뻣뻣하게 굳은 채 앉아 있었다. 거울

속의 얼굴이 그녀의 시야에서 사라졌다. 갈팡질팡하던 아이린의 마음에 어떤 생각이 떠오른 것이다. 하지만 그것을 바로 말로 표현하거나 정의 내리기는 어려웠다. 자기 자신을 보호하려는 충동 때문에 아이린이 분명한 표현을 피하고 있었기 때문이다. 그녀는 아무것도 보이지 않는 두 눈을 꼭 감고 주먹을 움켜쥐었다. 울지 않으려고 애썼다. 그러나 입술을 물고 아무리 참아 봐도 눈가에는 눈물이 차올랐고 뜨거운 분노와 수치심과 뒤섞여 뺨을 타고 흘러 내렸다. 그녀는 두 팔에 얼굴을 묻고 소리 없이 울었다.

조금 진정이 되었을 때 그녀는 남아 있는 눈물을 닦아 내고 자리에서 일어났다. 차가운 물로 부어오른 얼굴을 씻자 정신이 번쩍 들었다. 따끔따끔한 화장수를 얼굴에 조심스럽게 바른 뒤 그녀는 다시 거울 앞으로 걸어가 찬찬히 자신의 모습을 바라보았다. 눈물 자국이 남아 있지 않음을 확인하고 그녀는 흰, 그러나 흑인의 피가 섞인 그 피부에 분을 조금 바르고 다시 세심하게 살폈다. 스스로를 조롱하고 경멸하면서.

"그래, 넌 엄청난 바보였어." 그녀가 그 얼굴에게 말했다.

아래층으로 내려간 아이린은 티 파티 때문에 정신 없

이 바빴고 그래서 정말 다행이라고 생각했다. 그녀는 시간이 남아 도는 것을 원치 않았다. 시간이 비는 즉시 그녀의 마음은 아직 대면할 용기가 없는 그 공포를 떠올리게 될 것이다. 우아한 태도로 알맞게 차를 따르면서 그녀는 일종의 균형 잡힌 집중을 유지할 수 있었다.

옆방에서 벽시계가 울렸다. 단 한 번의 소리. 5시 15분. 아직 그것밖에 안 됐구나! 그럼에도 불구하고 삽십 분이라는 짧은 시간 안에 모든 것이 전과 다르게 변했고, 삶의 색깔, 삶의 생기, 삶의 모든 의미를 상실했다. 아냐, 그녀는 생각했다. 그런 일이 아직 일어난 건 아니야. 그녀 주변은 모든 것이 어제와 똑같았다.

"아, 러니언 부인, ……정말 반가워요 ……둘이요? ……정말요? 너무 멋져요! ……네, 화요일 좋아요……."

그렇다, 삶은 전과 아주 똑같이 흘러갔다. 변한 것은 그녀뿐이었다. 알아 버린 것이, 이 일과 우연히 맞닥뜨리게 된 것이 그녀를 변화시켰을 뿐이었다. 마치 오랫동안 어두웠던 집 안에 성냥불을 켜자 희미한 그림자가 흉측한 실체를 드러낸 것 같았다.

이어지는 말소리, 이야기하는 소리. 누군가 그녀에게

물었다. 그녀는 스스로 느끼기에도 약간 굳은 미소를 띤 채 올려다보았다.

"네…… 브라이언이 아이티에서 작년 겨울에 사온 거예요. 괴상하죠, 안 그래요?…… 괴상한 것 자체가 오히려 멋있지요…… 정말 싸게 샀어요. 얼마 안 주고……."

끔찍하다. 엄청난 피로감이 그녀에게 몰려왔다. 얇고 오래된 잔에 노란 차를 따르는 그 작은 일조차 그녀에게는 너무 버거웠다. 그녀는 계속 차를 따랐다. 계속 미소 지었다. 질문들에 답했다. 기계적인 대화들. 그녀가 생각했다. '그 어느 때보다 갈 길이 먼 것 같아. 세상에서 제일 늙어 버린 기분이야.'

"조지핀 베이커?…… 아뇨, 만난 적이 없어요…… 네, 「셔플 얼롱」⁶을 본 적이 있는데 거기 출연했었는지 모르지요. 그렇다 해도, 난 기억 못 해요…… 아, 그런데 당신이 틀렸어요! …… 난 에델 워터스⁷가 굉장히 훌륭하다고

---

6 Shuffle Along. 할렘 르네상스의 효시로 간주되는 뮤지컬 코미디. 1921년 작품.

7 Ethel Waters(1896-1977). 가수, 연극배우, 영화배우. 1920년대 가장 인기를 누렸던 연기자 중 하나.

생각해요…….”

티 스푼이 깨지기 쉬운 잔에 부딪히며 만들어 내는 귀에 익은 작은 울림들, 이따금씩 웃음이 끼어드는 시시콜콜하고 평범한 이야기들이 이어졌다. 크고 작은 여러 그룹들이 흩어지고 모이며 적절한 불균형과 무질서를 이루었다. 아이린이 소박할 만큼 단순하게 꾸민 커다란 방에서 손님들이, 무르익은 파티에서 으레 그렇듯, 친밀하게 어울렸다. 방의 바닥과 벽에는 해가 지며 길고 환상적인 그림자를 드리우고 있었다.

그녀가 지금껏 열었던 수많은 티 파티와 똑같이 흘러갔다. 동시에 그 전과 완전히 달랐다. 하지만 아직 속단해서는 안 된다. 충분히 시간이 있으니까. 가진 것이 시간뿐이니까. 그녀는 문득 자신이 입을 열면 어떤 일이 벌어질지 깨달았다. 브라이언과 함께하는 시간. 브라이언이 없는 시간. 그 모든 것이 사라지고, 그 자리에 웃고 싶고 비명을 지르고 싶고 물건들을 집어던지고 싶은 거의 주체할 수 없는 충동이 들어섰다. 그녀는 돌연 사람들에게 충격을 주고, 그들을 괴롭히고, 그들이 자기를 유심히 쳐다보게 하고, 그녀의 고통을 알아차리게 하고 싶은 욕구를 느겼다.

"안녕, 데이브…… 펠리스…… 정말이지 당신의 옷차림 때문에 할렘에 사는 여자들은 다 절망에 빠져요……. 비결이 뭐예요?…… 멋져요…… 상표가 워스 아니면 랑방인가요? 아, 그냥 바바니인가요……."

"바바니 맞아요." 펠리스 프릴랜드가 말했다. "말 좀 해 봐요, 아이린. 오늘 당신 너무 침울해 보여요."

"알아봐 줘서 고마워요, 펠리스. 파티 기분이 안 나네요. 날씨 탓인가 봐."

"아이린, 괜찮은 드레스를 하나 사서 기분을 내 봐요. 항상 먹히는 방법이죠. 내가 우울해질 때마다 데이브의 주머니에서 돈이 나간다는 뜻이기도 하고요. 아이들은 잘 지내요?"

아이들! 그때까지 아이린은 아이들을 완전히 잊고 있었다.

아이들은 아주 잘 있다고 대답했다. 펠리스는 정말 다행이라고 중얼거리더니, 서둘러야겠다고 말하는 것이었다. 놀랍게도 벨루 부인이 혼자 앉아 있었기 때문이었다. "오후 내내 저 여자가 혼자 있게 되기를 기다렸어요. 파티에 초대하고 싶어서요. 저 이 오늘 정말 아름답지 않아요?"

클레어는 아름다웠다. 아이린의 기억에 클레어가 오늘처럼 아름다웠던 적은 없을 것이다. 그녀는 생기에 찬 자신의 아름다움을 돋보이게 하려는 듯 아주 심플한 디자인의 황갈색 드레스를 입고, 작고 동그란 금색 모자를 쓰고 있었다.

목에는 호박색 구슬 목걸이를 하고 있었는데 그것으로 아이린의 목걸이와 비슷한 것을 여섯 개 또는 여덟 개는 만들 수 있을 것이었다. 그랬다. 그녀는 눈부시게 아름다웠다.

잔잔한 이야기들이 계속되었다. 벽난로가 소리를 내며 타 들어갔다. 그림자가 더 길게 꼬리를 뺐다.

방 건너편에 휴가 있었다. 아이린은 그가 너무 지루해하지 않기를 바랐다. 그는 늘 그렇듯 조금은 시큰둥하고 조금은 흥미로워하면서도 어딘가 피곤한 기색이었다. 그리고 늘 그렇듯 책꽂이 앞에서 얼쩡거리고 있었다. 그러나 그는 책을 꺼내 보고 있는 것이 아니었다. 대신 그의 흐릿한 호박색 눈은 방 건너편 어딘가에 붙들려 있었다. 경멸 어린 시선이었다. 그래, 휴는 클레어 켄드리를 좋아한 적이 없으니까. 아이린은 잠시 망설이다가 휴의 시선을 붙든 것을 발견하고서, 무심히 고개를 돌렸다. 돌연 나타나 그녀의 모든 날들을 뿌옇게 만든 클레어. 그리고 테드와 주니어의 아버지, 브라이언.

클레어의 상아색 얼굴은 평소처럼 아름다웠고 다정했다. 어쩌면 오늘은 약간 가면을 쓴 것 같기도 했다. 그녀는 아무것도 드러내지 않는다. 자기 때문이든 혹은 누군가의 감정 때문이든 그녀의 모습은 변하지도 동요하지도 않는다. 그에 반해 브라이언은 측은할 만큼 스스로를 드러내고 있는 것처럼 보였다. 저이가 원래 저랬나? 자신을 절반쯤 감춘 채 탐색하는 표정, 저이 얼굴이 늘 저랬나? 이상도 하지, 그것을 지금 그녀는 알 수 없고, 기억할 수도 없다니. 한순간 브라이언이 미소지었다. 그 미소가 그의 얼굴을 너무도 절박하고 환하게 만들었다. 그녀는 스스로를 다잡으며 고개를 돌렸다. 그러나 아주 잠깐이었다. 그녀가 다시 돌아보았을 때 브라이언은 그녀가 지금까지 본 것 중에서 가장 우울하고 조소에 찬 모습이었다.

그 다음 십오 분 동안 그녀는 62번가에 사는 비안카 웬트워스에게, 7번가 150번지에 사는 제인 테넌트에게,

브루클린에 사는 대실즈 부부에게 같은 저녁 거의 같은 시간에 식사 약속을 했다.

아 그래, 무슨 상관이랴? 그녀는 이제 생각이라고는 없었고 무거운 피로감만 느낄 뿐이었다. 지친 그녀의 눈앞에서 클레어 켄드리가 데이브 프릴랜드에게 말을 걸고 있었다. 클레어의 허스키한 음성을 통해 그들의 대화가 그녀에게로 전달되었다. "……언제나 당신을 지켜봐 왔어요……. 오래전부터 당신에 대해 너무도 많이…… 모두들 그렇게 말하죠…… 오로지 당신만……." 그리고 비슷한 내용이 계속되었다. 그는 펠리스 프릴랜드의 남편이자 가차 없는 반어법을 구사하며 통찰력 있는 소설을 써 낸 작가이기도 했다. 그런 그가, 클레어의 말도 안 되는 이야기에 푹 빠져 있는 것이었다. 그따위 쓰레기 같은 소리에 정신을 뺏기다니! 이것은 전적으로 클레어가 동그랗게 뜬 검은 눈동자 위로 우윳빛 눈꺼풀을 내리깔다가 애무하는 듯한 미소와 함께 그에게 시선을 고정하기 때문이었다. 데이브 프릴랜드 같은 남자가 이런 수작에 걸려들다니. 그리고 브라이언도.

아이린의 몸과 마음에 쌓였던 피로가 일순간 사라졌

다. 브라이언. 이 상황은 무엇을 의미하는가? 그녀와 아이들에게 어떤 영향을 미칠 것인가? 그래, 내 아이들! 그녀는 밀려오는 안도감을 느꼈다. 그러나 그 안도감은 점점 희미해지더니 완전히 사라져 버렸다. 무용지물일 터였다. 그녀 자신은 고려할 대상도 아니리라. 그에게 아이린은 단지 아이들의 엄마였고, 그뿐이었다. 그녀만으로는 아무것도 아니었다. 점입가경이었다. 방해물에 불과하겠지.

분노가 계속 끓어올랐다.

무엇인가 깨지는 소리가 작게 들렸다. 그녀 발 주위에 깨진 유리 조각들이 흩어져 있었다. 밝은 양탄자에 검은 얼룩이 생겼다. 점점 번져 갔다. 말소리가 멈췄다. 다시 계속됐다. 그녀 앞에서 줄리나가 깨진 조각들을 집어 올렸다.

멀리서 휴 웬트워스가 중얼거리는 소리가 들리는 듯했는데, 언뜻 정신을 차려보니 놀랍게도 그녀 옆에 와 있었다. "미안해요." 그가 사과했다. "내가 당신을 밀었나 봐요. 칠칠맞지 못해서. 설마 너무 귀한 잔이라 다시 구할 수도 없는 것은 아니겠죠."

고통스러워. 정말! 너무 괴로워! 그러나 지금 그녀는 그 생각만 할 수 없다. 휴가 사과의 말을 둘러대며 거기 앉아 있는 지금 그럴 수는 없다. 그의 의미심장한 말들, 눈치 빠른 행동을 그녀는 경계하고 있었다. 자존심이 따끔거렸다. 망할 놈의 휴! 그에게 무슨 조치든 취해야 해, 당장. 그가 알아 버린 것을 그녀가 어떻게 할 수는 없을 것이다. 그렇게 하기에는 너무 늦어 버렸으니까. 하지만 그녀가 알고 있다는 것을 그가 모르게 할 수는 있었다. 그녀는 그렇게 할 것이다. 그녀는 그 사실을 견딜 수 있고 견딜 것이다. 그래야만 하니까. 아이들이 있으니까. 그녀의 온몸이 바짝 긴장되었다. 그 순간 그녀는 자신이 어떤 것도 견뎌 낼 수 있다는 사실을 알았다. 오로지 그녀가 무엇인가를 견뎌야만 한다는 것을 아무도 모르기만 한다면. 고통스럽고 두렵지만 참을 수 있었다.

그녀는 휴 쪽으로 몸을 돌렸다. 고개를 흔들었다. 검은 눈을 순진하게 뜨고 휴의 걱정 어린 창백한 눈을 마주보았다.

"아녜요." 그녀가 단언했다. "당신이 민 게 아니에요. 말하지 않겠다고 맹세하세요. 그러면 어떻게 된 일인지 말해 줄게요."

"자, 맹세했어요!"

"그 잔 봤어요? 그래요, 당신 운이 좋아요. 그 잔은 당신네 조상들, 그 매력적인 남부군이 소유했던 것들 중에서 제일 못생긴 물건이에요. 브라이언의 먼 조상이 몇천 년 전에 썼다고 했는데? 하지만 그 잔에는 오래되고 시시한 역사가 있어요. 아니, 있었어요. 북쪽까지 지하철로 운반된 물건이니까요. 아, 알았어요. 원하신다면 영국식으로 언더그라운드라고 하지요. 내가 말하고 싶은 건, 오 분 전까지만 해도 그 잔을 어떻게 없애 버릴지 전혀 몰랐다는 거예요. 하지만 이제 알아요. 그냥 깨뜨리기만 하면 되는 거였는데. 그러면 영영 그 잔에서 벗어나는 거지요. 그렇게 간단하게! 그런데 전에는 그걸 생각해 본 적도 없었다니까요."

휴는 고개를 끄덕였고 차가운 미소가 얼굴 전체에 퍼졌다. 그는 넘어 왔을까?

"그래도 여전히……." 그녀는 약간 웃으면서, 그리고 조금도 억지스럽지 않다고 확신하면서, 계속했다. "당신이 실수로 나를 밀었고 비난을 감수하겠다면 그렇게 하죠. 친구 좋다는 게 뭐예요, 서로의 죄를 같이 나눠 가질 수 없다면 말이에요. 브라이언에게는 당신 잘못이었다고 말할 거예요."

"차 더 마실래, 클레어?…… 너하고 같이 있을 짬이 안 났네…… 그래, 멋진 파티야…… 같이 저녁 먹을 거지, 그 랬으면 좋겠어…… 아, 이런 섭섭하네! 그럼 난 아이들하고 보내야 할 것 같아…… 애들도 섭섭해할 거야. 브라이언은 의사들 모임인지, 뭐 그런 게 있어…… 오늘 드레스 멋지다…… 고마워…… 그래, 잘 가, 또 보자."

벽시계가 울렸다. 하나. 둘. 셋. 넷. 다섯. 여섯. 그녀가 파티에 내려온 지 겨우 한 시간이 조금 더 지났다는 건가? 그럴 리가. 겨우 한 시간이라니.

"벌써 가요?…… 안녕히 가세요…… 정말 고마워요…… 만나서 반가웠어요…… 네, 수요일…… 매지에게 안부 전해 줘요…… 미안해요, 화요일에는 약속이 꽉 찼어요…… 어머, 정말요?……네, 안녕…… 안녕……."

고통스럽다. 지옥처럼 고통스럽다. 그러나 아무도 모른다면 상관없다. 모든 것이 전처럼 계속된다면. 아이들이 안전하다면.

고통스럽다.

하지만 상관없다.

둘

그러나 상관있었다. 이전의 어떤 것보다 더 상관있었다.

그 비참함이란! 그녀가 그토록 두렵고 막막하게 느꼈던 것이, 그러니까 어딘가로 떠나고 싶어 했던 브라이언의 그 충동이 이처럼 유치하고 시시한 것이었다니! 그동안 아이린이 이 문제에 쏟았던 용기와 판단력마저 하찮은 것이 되어 버렸다. 그녀는 지금 위험을 감지하고 몸을 피하는 수밖에 없었다. 그녀에게는 어떤 치료법도 용기도 남아 있지 않았다. 그녀는 다만 필사적으로 노력할 뿐이었다. 이처럼 엄청난 소용돌이를 일으키고도, 그녀 스스로 통제하거나 잠재울 수 없는, 자기가 알아버린 그 사실들을 애써 무시하기 위해서. 그리고 어느 정도 성공했다.

그녀는 논리적으로 따져 보았다. 그녀를 사로잡은 이 끔찍한 생각이 절반이라도 맞는다는 증거가 어디 있는가? 어디에도 없었다. 아이린은 아무것도 보지 못했고, 듣지 못했다. 어떤 증거도 없었다. 그녀는 근거 없는 의심으로 자신을 한없이 비참하게 만들고 있는지도 몰랐다. 걱정거리를 찾던 중에 우연히 걸려든 것, 그뿐이었다.

실제로 아는 것은 아무것도 없다고 그녀는 스스로를 다잡으며 몇 배로 더 노력했다. 클레어와 브라이언의 모습이 떠오를 때마다 믿음이 깨져 버렸다는, 신뢰가 무너졌다는 생각이 되살아나지 않도록 애썼다. 그녀는 바로 등 뒤에 와 있는 그 찢어질 듯한 고통을 다시 겪을 수 없었고 겪지 않을 것이었다.

그녀는 공정해져야 한다고 되뇌었다. 두 사람의 결혼 생활을 통틀어 그녀가 남편의 부정이나 심상치 않은 불장난을 의심할 만한 어떤 증후도 없었다. 물론, 이 역시 확신할 수 없지만, 그가 밖에서 일탈을 했다 한들, 그녀로서는 모르는 일이었다. 왜 이제 와서 이런 가정을 해야 하는가? 순전히 그가 친구를, 그녀의 친구를 집에서 열리는 파티에 초대했다고 말했을 때, 그녀 마음속에 불현듯 파고든, 구체적인 것이라고는 아무것도 없는 생각 때문 아닌가. 그때 그녀는 완전히 잠에서 깼다기보다 여전히 잠에 취해 있는 상태였을 것이다. 어찌 그리 쉽게 남편이 죄를 지었다고 믿었단 말인가. 아무 일도 일어나지 않았고 아무 말도 들은 것이 없는데. 그리고 그가 해야 할 일을 안 한 것도 아니고 해야 할 말을 안 한 것도 아닌데. 그동안 두 사람이 공유했던 모든 가치와 신념을 왜 그리 쉽게 내던지려 했을까?

그리고 만일, 혹시라도, 사소한 사건이 있었다 치자. 그래, 그게 무슨 의미가 있을까? 아무것도 아니었다. 그들 사이에는 두 아들이 있다. 그리고 존 벨루도 있었다. 이 세 사람을 떠올리자 그녀는 조금 안도했다. 그러나 그녀는 앞일을 마주 보지는 못했다. 그녀는 아무것도 느끼고 싶지 않았고 생각하고 싶지 않았다. 이 모든 것이 그녀가 꾸며 낸 바보 같은 환상이라고 믿고 싶을 뿐이었다. 그러나 그럴 수 없었다. 그럴 수만은 없었다.

　도저히 믿을 수 없고, 미친 듯이 바빴으며 즐거운 척할 수밖에 없었던 크리스마스가 지나갔다. 아이린은 이 혼란스럽고 들뜬 계절이 고마웠다. 그녀가 불행을 예감할 때마다 그 지루함이, 그렇게 많은 사람들이, 그리고 공허하게 건성으로 반복되는 상냥한 속삭임이 그녀를 비집고 들어왔다.

　클레어가 계속 자리를 비운 것도 다행이었다. 존 벨루가 캐나다에 오래 체류한 끝에 귀국했으므로 클레어는 멀리 떨어진, 손닿지 않는 그녀만의 삶 속으로 일단 물러갔다. 그러나 클레어 켄드리가 보이지 않아도 그녀가 여전히 가까이 있다는 외면하고 싶은 망상이 사면이 막힌 감옥 같은 마음을 두드렸다.

　브라이언 역시 자기 안으로 파고들었다. 집에는 그의 껍데기와 그의 물건들만 남았다. 그는 늘 그러하듯 소리 없이 불규칙적으로 오고 갔다. 그는 식탁에서 그녀 맞은 편에 앉았고 밤이면 그녀가 있는 옆 방, 자기 방에서 잠들었다. 그러나 그는 너무 멀리 있어 손에 닿지 않았다. 그가 행복한 척하며 스스로를 속이고 모든 것이 그대로인 듯 행동해도 소용 없었다. 그도 그의 주변도 똑같지 않았다. 그러나 아이린은 이것이 꼭 클레어 때문은 아닐 거라고 스스로를 위로했다. 그것은 그의 오래된 갈망이 다시 수면 위로 올라오는 것일 테다. 틀림없이 그랬다.

하지만 그녀는 봄이 오기를, 3월이 오기를, 그래서 클레어가 배를 타고 여기, 자신과 브라이언의 삶에서 떠나주기를 바랐다. 그녀는 그 두 사람 사이에 조금 특별하다 싶은 우정 외에는 아무 일도 없다고 거의 믿게 되었지만, 클레어 켄드리의 존재가 너무 지겨워졌던 것이다. 그녀는 클레어 켄드리, 그리고 그녀와의 비밀스러운 만남에서 이제 자유로워지고 싶었다. 어떤 일이 일어나기만 한다면, 존 벨루가 예정보다 빨리 떠나게 할 어떤 일, 또는 클레어를 제거할 어떤 일이 일어나기만 한다면. 그게 어떤 일이라도, 그녀는 개의치 않았다. 클레어의 딸 마저리가 아프거나 죽더라도. 심지어는 벨루가 진실을 알아 버린다 해도…….

그녀는 빠르고 날카롭게 숨을 들이쉬었다. 그리고 오랫동안 무릎 위에 놓인 두 손을 응시하며 앉아 있었다. 이상도 하지, 그녀는 얼마나 쉽게 클레어를 자기 삶 밖으로 쫓아 버릴 수 있는지 미처 깨닫지 못했다! 그저 존 벨루에게 말만 하면 되는 것이었다. 그의 아내에 대해서, 아니, 그럴 수는 없지만! 그가 어쩌다가 자기 아내가 할렘을 들락거린다는 사실을 알게 된다면……. 그녀가 왜 망설여야 할까? 그녀가 클레어를 보호해야 할 이유가 있을까?

그러나 그녀는 그 남자, 클레어 켄드리의 백인 남편에게, 자기 아내가 흑인일 수 있다고 의심하게 만드는 어떤 말도 차마 꺼낼 수 없었다. 마찬가지로 그녀는 그 사실을 편지로 쓸 수도 없었고 전화로 할 수도 없었으며, 또는 그의 귀에 들어가게 다른 누군가를 통해 흘릴 수도 없었다.

그녀는 다르지만 똑같은, 두 종류의 충성심 사이에서 옴짝달싹 못 했다. 그녀 자신에 대한 것. 그리고 그녀가 속한 인종에 대한 것. 아, 인종이라니! 그것 때문에 아이린은 결박당한 채 질식하고 있었다. 그녀가 어떤 행동을 취하건, 또는 전혀 취하지 않는다 해도, 어차피 무엇 하나는 무너져 내릴 것이다. 그것이 클레어일 수도, 그녀 자신일 수도 있었고 혹은 흑인 사회 전체일 수도 있었다. 아니 셋 다일 수도 있다. 어떤 일도 이보다 더 완벽하게 그녀를 속수무책으로 만들지 못할 것이다.

조용한 거실에 혼자 앉아 편안하게 난롯불을 쬐던 아이린 레드필드는 난생 처음 흑인으로 태어나지 않았기를 바랐다. 처음으로 그녀는 흑인이라는 짐이 너무 무거워 고통스러웠고 반항심이 들었다. 인종 때문이 아니더라도 그녀는 여자로서, 그리고 다른 개인적인 일들로 고통받는 것만으로 충분하다고 소리 없이 부르짖었다. 잔인하고 부당한 일이었다. 정말이지 검은 피부를 지니고 태어난 흑인들만큼 저주받은 존재는 없었다.

그녀는 일을 꾸미기에는 마음이 약하고 겁도 많았지만 그럼에도 불구하고 맹렬하게 해 보고 싶었다. 아이린은 존 벨루가 자기 아내에게 검은 피가 섞여 있다는 사실을 알기 바란 것은 아니다. 단지 그가 이 도시에 없는 동안 그의 아내가 흑인 지역인 할렘에서 시간을 몽땅 보내고 있다는 것만 알았으면 했다. 방법은 중요하지 않았다. 그가 알기만 하면 되었다. 그러면 클레어 켄드리는 영원히 떨어져 나갈 것이었다.

셋

그녀의 소원에 응답이라도 하듯, 바로 다음날 아이린은 벨루와 마주쳤다. 그녀는 펠리스 프릴랜드와 시내 중심가에서 쇼핑을 하고 있던 참이었다. 아주 추운 날이었다. 강한 바람이 몰아치자 펠리스의 매끄러운 황금빛 두 뺨이 먼지를 뒤집어쓴 채 새빨개졌고 아이린의 부드러운 갈색 눈에도 눈물이 어렸다.

두 사람은 서로 꼭 붙들고 바람을 피해 고개를 숙인

채 57번가로 들어섰다. 그때 갑작스러운 돌풍에 모퉁이로 내몰리면서 한 남자와 부딪혔다.

"미안합니다." 아이린이 웃으며 사과하려 고개를 드는데 거기 클레어 켄드리의 남편이 있었다.

"레드필드 부인!"

그는 모자를 벗었고, 사람 좋은 미소를 지으며 손을 내밀었다.

그러나 미소는 금세 사라졌다. 놀라움과 믿을 수 없다는 표정이(이제 다 알았다는 표시였을까?) 그의 얼굴 위로 지나갔다.

아이린이 보기에 그는 굽슬거리는 검은 머리에 황금색 피부를 지닌 펠리스를 의식하고 있었다. 펠리스는 여전히 그녀와 팔짱을 낀 채였다. 그는 아이린을 보고 다시 펠리스를 번갈아 보더니 전모를 파악했다는 표정을 지었다. 그리고 불쾌해하는 표정도.

그러나 벨루는 앞으로 내민 손을 거두지 않았다. 즉시 그러지 않았다는 뜻이다.

아이린은 그 손을 잡지 않았다. 상황을 읽고 나서 그녀는 본능적으로 가면을 썼다. 그리고 그를 향해 전혀 모르는 사람이라는 듯, 약간 의아해하는 표정을 지어 보였다. 여전히 손을 내민 채 서 있는 그를 향해 아이린은 불쾌한 성적 유혹을 시도하는 남자들에게 하듯 냉정하고 단호한 눈길을 보낸 뒤 펠리스를 끌어당겼다.

펠리스가 천천히 말했다. "아! 당신, 백인 행세를 했었나 봐요. 그런데 내가 망쳐 버렸군요."

"그래요, 당신이 망쳤어요."

"아니, 아이린 레드필드! 당신, 정말로 속상해하는군요. 미안해요."

"맞아요. 그런데 당신이 생각하는 그런 이유 때문은 아니에요. 난 지금까지 식당에 들어가거나 극장 티켓 살 때 잠깐 편의를 보려는 상황을 제외하고는 백인 행세를 한 적이 없어요. 그러니까 주변 사람들에게는 절대 그런 적이 없다는 뜻이에요. 단 한 번만 빼고요. 당신은 내가 백인 여자 행세를 하고 만났던 유일한 사람을 방금 지나친 거예요."

"정말 미안해요. 그런 죄는 반드시 드러나기 마련이에요. 조금 더 자세히 얘기해 봐요."

"말하고 싶어요. 당신도 재미있어 할걸요. 그런데 말

할 수가 없네요."

펠리스의 웃음은 차분한 그녀의 음성처럼 나른하고 태연했다. "그럴 수 있을까요, 정직한 아이린이 어떤…… 어머, 저 코트 좀 봐요! 저 빨간 것, 너무 근사하지 않아요?"

아이린은 생각했다. '나에게 기회가 왔는데 잡지 못했어. 그저 클레어의 남편이라고 자연스럽게 말하면서 그를 펠리스에게 소개하기만 하면 되었는데. 그렇게 할걸. 바보, 멍청이.' 인종에 대한 본능적인 충성심, 어째서 그녀는 거기서 벗어나지 못할까? 왜 거기에 클레어가 포함되어야 하는가? 클레어는 그녀나 그녀가 속한 인종을 배려하지 않는데 말이다. 아이린은 억울하다기보다 막막한 절망을 느꼈다. 그녀는 이 점에서 자신을 변화시킬 수 없었기 때문이다. 그녀는 사람들을 인종으로부터 분리해 생각할 수 없었고, 그녀 자신을 클레어 켄드리에서 떼어낼 수 없었다.

"집에 가요, 펠리스. 너무 피곤해서 쓰러질 것 같아."

"아니, 왜요? 우리가 계획했던 일을 절반도 못 했는데."

"알아요. 그런데 시내를 돌아다니기에는 너무 춥네요. 괜찮으면 혼자라도 계속 쇼핑해요."

"난 그렇게 할래요, 괜찮다면."

이제 아이린은 새로운 문제에 직면했다. 그녀는 클레어에게 이 만남에 대해 말해야 했다. 그 여자에게 경고해야 했다. 그런데 어떻게? 그녀를 보지 못한 지 벌써 며칠이 지났다. 편지를 쓰고 전화를 하는 것은 똑같이 위험했다. 그리고 그녀와 연락이 닿는다고 한들 무슨 소용이랴? 벨루가 자기가 잘못 본 것이라고 결론 내리지 않았다면, 그가 그녀의 정체를 확신했다면(그는 바보가 아니었다.) 클레어에게 말한다고 해서 결과가 달라지지는 않을 것이다. 게다가 너무 늦었다. 클레어 켄드리를 기다리고 있던 것이 무엇이건, 그것은 이미 그녀에게 일어났다.

아이린은 손가락 하나 까딱하지 않고도, 말 한마디 하지 않고도 클레어가 곧 제거될 거라는 생각에 안도하는 자신을 보았다.

그러나 그녀는 존 벨루와의 만남에 대해 브라이언에게는 말할 작정이었다.

그런데 그게 쉽지 않았다. 이상했다. 그녀는 망설이고 있었다. 몇 번이고 목구멍까지 말이 차올랐다. "오늘 시내에서 클레어의 남편을 우연히 만났어요. 그가 날 알아본 게 분명해요. 펠리스가 나와 함께 있었어요." 그러나 그때마다 그녀는 입을 뗄 수 없었다. 자기 속마음을 들킬 것 같았기 때문이다. 저녁 식사 때 아이들과 함께 있는 자리에서조차 그녀는 담담하게 그 사실을 말할 수 없었다.

저녁 시간이 지루하게 지나갔다. 결국 그녀는 말을 꺼내지 못한 채 인사를 하고 2층으로 올라갔다.

아이린은 생각했다. '왜 말하지 못했을까? 왜? 만약 이번 일로 문제가 생긴다면 난 절대 스스로를 용서하지 못할 거야. 그래, 그가 올라오면 말하겠어.'

그녀는 책을 들고도 읽을 수 없었다. 알 수 없는 불길한 예감 때문에 질식할 것 같았다.

만일 벨루가 클레어와 이혼한다면? 그가 이혼할 수 있을까? 라인랜더[8]의 경우도 있었다. 그러나 프랑스 파리

---

8 인종, 섹스, 결혼, 패싱이 결합된 1920년대를 떠들썩하게 했던 재판. 뉴욕의 최고 명문가이자 재산가 집안 출신인 L. K. 라인랜더는 1924년 막대한 유산을 물려받은 직후 혼혈의 하녀인 앨리스 B. 존스와 결혼했다. 그러나 결혼한 지 한 달 뒤 아내가 인종을 속이고 결혼했다며 혼인 무효 소송을 제기했다. 하지만 1925년

에서는 이혼이 훨씬 수월했다. 만일 그들이 헤어진다면, 그래서 클레어가 자유로워진다면……. 최악이었다. 그녀는 애써 그 가능성을 제외했다. 그럴 수밖에 없었다.

그러자 떨쳐 버리고 싶은 다른 생각이 떠올랐다. 만일 클레어가 죽는다면! 그렇다면…… 아, 끔찍했다. 이런 생각을 하고, 내심 원하다니! 아이린은 현기증이 나면서 속이 울렁거렸다. 하지만 클레어의 죽음이 여전히 머릿속을 맴돌았다. 도저히 벗어날 수 없었다.

그때 문이 열리는 소리가 들렸다. 그리고 닫히는 소리. 브라이언이 나간 것이다. 그녀는 금방이라도 울음이 나올 듯해 베개에 얼굴을 묻었다. 하지만 눈물이 나오지 않았다.

아이린은 가만히 누워 지나간 일들을 떠올렸다. 브라이언과의 연애 시절과 결혼, 주니어를 낳은 일. 이 집을 사서 지금껏, 이만큼 행복하게 꾸려 온 것. 테드가 폐렴에 걸

> 뉴욕주 대법원은 인종을 속인 증거가 불충분하다는 이유로 이를 기각했다. 라인랜더는 항소했고, 1929년 앨리스 B. 존스는 라인랜더라는 성을 사용하지 않는다는 조건으로 엄청난 재산을 받고 재판을 끝냈다. 라인랜더는 사 년 뒤 폐렴으로 사망했다.

려 죽을 고비를 넘기고 살아났던 날……. 그리고 다시는 돌아오지 않을 달콤쌉싸름한 추억들을 떠올렸다.

무엇보다 그녀는 균형 잡힌 일상이 방해받는 것을 원하지 않았기에 부단히 지키려고 노력해 왔다. 그러나 지금 클레어 켄드리가 그 안으로 들어와 모든 것을 헤집고 있었다.

"하나님." 그녀는 기도했다. "빨리 3월이 오게 해 주세요."

이윽고 그녀는 잠에 들었다.

넷

이튿날 아침, 눈보라가 내리기 시작해 하루 종일 계속되었다. 거의 침묵 속에서 아침 식사가 끝난 것에 안심한 아이린은 부드러운 눈송이들이 팔랑팔랑 떨어지는 것을 내다보며 한동안 아래층에서 서성였다. 서둘러 걸어가는 행인들이 남긴 불규칙하고 못생긴 발자국들 위로 어느새 눈이 쌓이고 있었다. 그때 줄리나가 다가와 말했다. "전화예요, 레드필드 부인. 벨루 부인이에요."

"메시지를 받아 놔요, 줄리나."

그녀는 여전히 창밖을 응시하고 있었지만 아무것도 보이지 않았다. 두렵지만 희망적이기도 했다. 클레어와 벨루 사이에 무슨 일이 일어났나? 그렇다면, 무슨 일이? 그녀는 드디어 지난 몇 주일간 계속된 극심한 불안에서 해방될 수 있을까? 아니면 더 나쁜 어떤 일이 남아 있을까? 그녀는 잠시 갈등했다. 줄리나를 쫓아가서 클레어가 무슨 말을 하는지 들어야 할 것 같았다. 하지만 기다리는 쪽을 택했다.

줄리나가 다시 와서 말했다. "사모님, 그 분이 오늘 밤 프릴랜드 부인의 파티에 참석하실 수 있다고 하네요. 8시에서 9시 사이에 이리로 오시겠답니다."

"고마워요, 줄리나."

하루가 천천히 저물어갔다.

저녁 식탁에서 브라이언은 석간신문에 난 린치 사건을 두고 비통해하며 말했다.

"아빠, 왜 흑인만 린치를 당해요?" 테드가 물었다.

"흑인을 미워하기 때문이지."

"브라이언!" 아이린의 목소리는 호소하는 듯 또는 비

난하는 듯 들렸다.

테드가 물었다. "아! 왜 흑인을 미워하는데요?"

"흑인을 무서워하기 때문이지."

"무엇 때문에요?"

"왜냐하면······."

"브라이언!"

"얘, 지금 우리가 그 얘길 하면 우리 집 숙녀가 괴로워하신단다." 그는 아들에게 진지한 체하며 말했다. "우리끼리 있을 때 얘기하자."

테드는 자못 심각하게 고개를 끄덕였다. "알았어요. 내일 학교 가는 길에 얘기하면 되겠네요."

"그러자."

"브라이언!"

"엄마." 주니어가 말했다. "벌써 '브라이언'을 세 번 부르셨어요."

"그러나 그게 마지막은 아니란다, 주니어, 염려 마라." 브라이언이 말했다.

잠시 후 아이들이 2층 자기들 방으로 올라간 뒤 아이린이 부드럽게 타일렀다. "브라이언, 테드와 주니어 앞에서 린치 이야기는 안 했으면 좋겠어요. 저녁 식사 자리에서 당신이 그런 이야기를 꺼내는 것은 정말 참기가 힘들어요. 어차피 애들이 좀 더 크면 그런 끔찍한 일들은 충분히 알게 돼요."

"당신은 정말 잘못 알고 있소! 당신이 결정한 대로 우리 아이들이 이 저주받은 나라에서 살아야 한다면, 애들 입장에서는 누가 자기들에게 적대적인지 되도록 빨리 아는 게 좋아요. 일찍 알수록 잘 대처할 거요."

"난 동의하지 않아요. 어린 시절만큼은 될 수 있는 한 행복하게, 그런 일들은 몰랐으면 좋겠어요."

"그렇게만 된다면야 아주 좋겠소." 브라이언이 냉소적으로 대답했다. "물론 그게 최선이오. 그런데 그럴 수 있을까?"

"물론 그럴 수 있지요. 당신 역할만 잘 한다면."

"그만둡시다! 아이린, 당신도 나만큼 잘 알고 있소. 그럴 수 없다는 것을. '검둥이'라는 단어와 그 의미를 아이들이 모르도록 애써 봤자 무슨 소용이 있소? 그들이 알아냈지 않소. 어떻게 알았겠소? 누군가가 주니어를 더러운 검둥이라고 불렀기 때문이오."

"그렇다 해도 당신이 인종 문제를 애들 앞에서 꺼내는 것은 달라요. 난 그것 못 봐요."

그들은 마주 노려보았다.

"아이린, 똑똑히 들어요. 아이들도 이런 문제를 알아야 하오. 지금이나 나중이나 마찬가지라고."

"애들은 몰라야 해요!" 그녀는 분노에 차 눈물이 떨어지려는 것을 참으면서 말했다.

브라이언이 고함을 질렀다. "이해할 수 없군. 당신처럼 스스로를 지성인이라고 생각하기 좋아하는 사람이 그 따위 어리석은 소리를 할 수 있다니." 그는 당혹스럽고 지친 얼굴로 그녀를 바라보았다.

"어리석다니요!" 그녀는 소리쳤다. "내 아이들이 행복하기를 바라는 게 어리석어요?" 그녀의 입술이 떨렸다.

"그래서 애들이 앞날을 미리 대비하지 못하고, 다가올 행복을 놓치게 된다면, 그래요 어리석은 거요. 애들 앞길에 무엇이 놓여 있는지 내가 어느 정도 알려 주지 않는다면, 아버지로서의 의무를 소홀히 하는 거라고요. 그게 내가 할 수 있는 최소한의 의무요. 내가 몇 년 전에 아이들을 이 지옥 같은 나라에서 구출하고 싶어 했다는 걸 알겠지.

그런데 당신이 막았어. 당신이 반대해서 포기했단 말이오. 그렇지만 내가 모든 것을 포기할 거라고 기대하지는 마시오."

그의 비난을 들으며 그녀는 침묵했다. 그녀가 대답을 하기 전에 그는 몸을 돌려 방에서 나가 버렸다.

아이린은 덩그러니 다이닝 룸에 앉아 무릎 위에 올린 두 손을 무의식적으로 꽉 부비며 경련에 휩싸였다. 방금 그들의 언쟁이 어딘가 불길했기 때문이다. 그가 한 마지막 말이 몇 번이고 되살아났다. "내가 모든 것을 포기할 거라고 기대하지 마시오." 이게 무슨 소리일까? 무슨 뜻일까. 클레어 켄드리?

정말이지 그녀는 두려움과 의심으로 미쳐 가고 있었다. 흥분을 가라앉혀야 한다. 흥분해서는 안 된다! 그녀가 그렇게 자랑스럽게 여겨 온 절제와 상식은 다 어디로 갔는가. 지금이 바로 그 어느 때보다 그것들이 필요한 때였다.

클레어가 곧 올 것이다. 서두르지 않으면 그녀는 또 늦을 것이고 그렇게 되면 두 사람은 아래층에서 함께 그녀를 기다리겠지. 처음 만난 이래 그들이 그렇게나 자주 그래 왔던 것처럼. 지금은 그때가 아주 먼 옛날처럼 느껴졌다. 그런데 겨우 지난 10월이라니? 아, 그녀에게는 몇 달이 아니라 몇 년이 흐른 것 같았다.

비참한 마음으로 아이린은 의자에서 일어나 외출 준비를 하러 올라갔다. 그녀는 정말 집에 있고 싶었다. 나갈 준비를 하는 동안 그녀는 수없이 되물었다. 그저께 자기와 펠리스가 길에서 우연히 벨루를 만난 것에 대해 왜 브라이언에게 말하지 못했는가. 그리고 그녀는 수백 번 그 사실을 말하지 않은 진짜 이유를 인정하고 싶지 않았다.

반짝이는 붉은 가운을 입은 클레어가 후광을 비추며 도착했을 때, 아이린은 아직 단장을 끝내지 않은 상태였다. 그러나 그녀는 당황하지 않고 환하게 미소 지었다. "난 언제나 흑인 타임[9]에 따라 움직이나 봐, 안 그래? 네가 오게 될지 몰랐는데. 펠리스가 기뻐할 거야. 너 정말 멋지다."

클레어는 자신이 아이린의 맨 어깨에 키스할 때 그녀가 약간 움츠러드는 것을 느끼지 못한 것 같았다.

"그러게, 나도 올 수 있을지 몰랐어. 그런데 갑자기 잭이

---

9 Colored Peoples Time. 약속한 시간보다 늦는 것을 나타낼 때 쓰는 표현.

필라델피아로 가 버렸거든. 그래서 이렇게 올 수 있었지."

아이린이 그녀를 올려다보았다. 입에서 말이 쏟아지려고 했다.

"필라델피아는 별로 멀지 않잖아, 안 그래? 클레어, 난……."

그녀는 말을 멈추었다. 한 손으로 의자 옆을 꽉 붙들었고 움켜쥔 다른 손은 화장대 위에 놓여 있었다. 그녀는 왜 여전히 벨루를 만났다고 말할 수 없을까. 왜 못 하는 걸까.

그러나 클레어는 대화가 끊겼다는 사실을 눈치 채지 못했다. 그녀는 웃으며 가볍게 대꾸했다. "내게는 그만하면 멀어. 거기가 어디든, 나와 떨어져 있으면 충분히 먼 거야. 나만 그런 건 아닐걸."

아이린은 거울 속에 비친 그 꾸짖는 표정을 손으로 문질러 지웠다. 마음 한구석에서 그녀는 자기가 얼마 동안이나 저렇게 해쓱하고 지치고, 그래, 놀란 듯이 보였을지 궁금했다. 아니면 이 모든 게 상상일 뿐일까?

"클레어." 그녀가 물었다. "그가 네 비밀을 알아낸다면 어떻게 될지, 너 한 번이라도 심각하게 생각해 본 적 있어?"

"생각해 본 적 있어."

"아, 그랬어! 그래, 어떻게 할 건데?"

"그렇다고 할 거야." 클레어는 활짝 미소 지었다. 그녀의 진지한 표정을 전혀 건드리지 않은 채 미소가 섬광처럼 나타났다가 사라졌다.

그 미소와 그 단어, '그렇다'에 조용한 결심이 담겨 있었고 아이린은 깊은 두려움 속에서 몸이 거의 마비될 지경이었다. 그녀의 두 손은 감각을 잃고 두 발은 얼음장 같았으며 가슴에는 돌덩이가 얹힌 듯했다. 혀가 무겁게 죽어 갔다. 다시 한 번 아이린이 한 마디씩 천천히, "그 다음은 어떻게 할 건데?" 하고 물었다.

푹신한 의자에 파묻힌 채 먼 곳을 보고 있는 클레어는 혼자 즐거운 공상에 빠져 있는 듯했다. 얼마나 시간이 지났는지 모른 채 다음 말을 기다리며 앉아 있는 아이린에게 그녀는 가까스로 정신이 돌아온 듯 침착하게 말했다. "이 순간 내가 제일 하고 싶은 일을 할 거야. 난 여기 와서 살겠어. 할렘에 말이야. 그러면 내가 하고 싶은 대로 할 수 있겠지, 내가 하고 싶을 때에."

차갑게 굳은 아이린의 몸이 긴장 때문에 앞으로 기울어졌다. "그럼 마저리는 어떻게 하고?" 그녀의 목소리는 이미 경직되어 있었다.

"마저리?" 클레어는 흔들리는 눈빛으로 아이린의 걱정스러운 얼굴에 되물었다.

"그래, 아이린. 딸애를 위해서라면 그러면 안 되겠지만, 난 어쨌든 그렇게 할 거야. 지금은 아이 때문에 참고 있어. 하지만 잭이 비밀을 알아내서 우리 결혼이 깨진다면, 그땐 해방이잖아. 안 그래?"

그녀의 체념한 듯 부드러운 어조, 순진하고 정직한 태도가 아이린에게 위선적으로 보였다. 그녀는 분명 경고하고 있었다. 맞아, 클레어 켄드리는 언제나 다른 사람들의 생각을 꿰고 있었어. 아이린의 꾹 다문 입술이 결심한 듯 굳어졌다. 이번만은 아무리 클레어라 할지라도 그녀의 속내를 모를 것이다.

아이린이 말했다. "아래층에서 브라이언하고 얘기하고 있을래? 지금쯤 화났을 거야."

그녀는 자신이 두려워하고 있다는 사실을 클레어가 모르게 해야 한다고 생각하면서도 아무 말이나 내뱉고 있었다. 마치 그녀의 고통과는 아무 상관없이 입술 끝에서 무감각하게 말이 튀어나오는 것 같았다. 하지만 아이린은 이내 그 말들이 정확하게 자신의 목적에 맞는다는 사실을 깨달았다.

클레어가 일어서서 방을 나가는 순간, 이 편이 자신이 옷을 입는 동안 클레어를 옆에서 기다리게 하려던 원래 계획만큼이나, 혹은 그 이상으로 더 낫다는 것을 알았기 때문이다. 클레어는 그녀를 방해하고 초조하게 만들 뿐이었다. 그리고 그 둘이 한 시간 혹은 그 이상을 함께 보낸다 한들, 이미 모든 일이 벌어진 지금 무슨 상관인가?

아! 처음으로 그녀는 모든 일이 일어났다고 인정했다. 돌이킬 수 없는 어떤 일도 일어나지 않았다고 스스로 믿고, 바라도록 강요하지 않았다! 아, 일은 이미 일어났던 것이다. 그녀는 그 사실을 알았고 자신이 알고 있다는 것도 알았다.

그녀는 이렇게 인정했음에도, 이전에 그 사실을 외면하려고 필사적으로 노력했던 때와 달리 더 이상 고통스럽지 않고 신경 쓰이지 않는다는 사실에 놀랐다. 그리고 견딜 수 없는 격렬한 고통이 사라졌다는 것이 조금은 부당하게 보였다. 그 사실을 완전히 인정해 버림으로써 고통이 주는 미묘한 위안마저 거부당한 기분이었다.

어쩌면 이미 한 여자가 감당할 수 있는 지독한 모욕과 불안을 모두 견뎌 냈다는 뜻일까? 아니면 그녀에게는 이렇게 극단적인 고통을 감당할 능력이 없다는 뜻일까? "아냐, 아냐!" 그녀는 한사코 부정했다. "나도 다른 사람과 똑같은 인간이야. 그저 너무 지치고 기진맥진할 뿐이야. 그래서 더 이상 아무것도 못 느끼는 거야." 하지만 진심은 아니었다.

'안정'은 그저 단어로만 존재하는 것일까? 아니면 행복, 사랑, 또는 그녀가 결코 알 수 없는 어떤 본능적인 기쁨 같은 것들을 희생한 뒤에야 얻을 수 있는 것일까? 안정을 위해 최선을 다하면서, 변치 않기를 바라고 믿는 것은 다른 기쁨과는 공존할 수 없는 것일까?

아이린이 한참 스스로에게 물어보고 이해하려 해 봐도 알 수도 결론을 내릴 수도 없었다. 그렇게 오래 찾아 헤맸고 좌절하기도 했지만 결국 그녀에게는 안정이야말로 삶에서 가장 중요하고 바람직한 가치라는 것만은 분명했다. 다른 어떤 것을 위해서도, 또는 그것들을 다 준다 해도 그녀는 안정감과 바꾸지 않을 것이다. 그녀는 그저 평온하기만을 바랐다. 누구에게도 방해받지 않고 아이들과 남편의 삶을 그들에게 최선의 방향으로 통제할 수 있기를 바랐던 것이다.

이제 죄의식 같은 감정에서 해방되고, 본능적으로 오랫동안 알고 있던 사실을 인정하자, 그녀는 다시 계획을 세워 볼 수 있었다. 브라이언을 자기 옆에, 뉴욕에 머물게 할 수 있는 방법을 생각했던 것이다. 그녀는 브라질로 가지 않을 것이다. 그녀는 고층 빌딩들이 솟아오르는 이 도시에 속했다. 그리고 미국인이었다. 이 땅에서 자랐고, 절대 뿌리 뽑히지 않을 것이다. 클레어 켄드리, 아니 수백 명의 클레어 켄드리가 온다 해도, 절대로 그렇게 되지 않을 것이다.

그리고 브라이언 역시 여기에 속했다. 브라이언은 그녀에게 그리고 아이들에게 의무가 있었다. 이상도 하지. 그녀는 진정으로 누군가를 사랑한 적이 있는지 이제 확신할 수 없었다. 브라이언조차도. 그는 그녀의 남편이었고 아이들의 아버지였다. 하지만 그뿐인가? 그녀는 그 이상을 원한 적이 있는가? 그 이상을 위해 노력한 적이 있는가? 그렇지 않다고 그녀는 그 순간 생각했다.

그럼에도 불구하고 아이린은 그를 지킬 작정이었다.

새로 칠한 그녀의 입술이 직선으로 가늘게 좁아졌다. 그
렇다, 그와 클레어가 사랑하는 사이지만, 그녀는 그것을
믿지 않으려고 더 이상 애쓰지 않았다. 그렇기는 해도 그
녀는 여전히 결혼의 외피를 단단히 붙들고 자신의 삶을
이곳에서 확실하게 지킬 생각이었다. 현실은 참혹했지만
그녀의 예민한 본성은 여전히 살아 있었다. 그를 공유하
는 것이 완전히 잃는 것보다 더 나았다, 훨씬 나았다. 아,
필요하다면 그녀는 눈감을 수도 있었다. 그녀는 감당할
수 있었다. 어떤 것도 감당할 수 있었다. 3월이 오고 있었
다. 3월이 오면 클레어는 떠날 것이다.

　무서울 만큼 분명하게, 그녀는 자기가 벨루와 만났다
는 소식을 본능적으로 감추려던, 아니 잊으려 했던 이유
를 그제야 알 수 있었다. 클레어가 자유로워진다면 무슨
일이든 일어날 수 있었다.

　그녀는 옷 단장을 멈췄다. 그 10월의 첫날 오후부터
클레어 켄드리에 대해서 느껴 왔던, 또 클레어 역시 그녀
에게 암시한 적이 있는 그 어두운 진실을 그녀는 완벽하
고 명료하게 깨달았다. 클레어가 원하는 것을 손에 넣는
비결은 승리의 대전제, 즉 희생을 감수하기 때문이었다.

클레어가 브라이언을 원한다면, 클레어는 경제적인 손해나 사는 곳에 대해서는 불평하지 않을 것이다. 클레어 스스로 말했듯 그녀가 당장 모든 것을 던져 버리지 않는 것은 순전히 마저리 때문이었다. 그래서 지금으로서는 아이린이 놀란 마음에 추측할 뿐이지만, 정말 사태가 걷잡을 수 없게 되면, 어떤 일이든지 일어날 수 있었다. 어떤 일이든지.

안 돼! 어떤 대가를 치르더라도 클레어는 자기와 벨루가 만난 것을 알아서는 안 된다. 브라이언도 알아서는 안 된다. 그렇게 되면 그녀는 브라이언을 지키기 힘들어질 것이다.

그들은 벨루가 자기 아내를 의심하기 시작했다는 사실을 결코 아이린에게서 알아내지 못할 것이다. 그리고 그녀는 그가 그 진실을 알지 못하도록 무엇이든 할 것이며 어떤 위험도 감수할 터였다. 그녀가 그날 본능적으로 벨루를 모른 체한 것이 얼마나 다행인지!

"6층까지 올라가 본 적 있어요, 클레어?" 브라이언은 차를 세우고 밖으로 나와 그들에게 문을 열어 주며 말했다.

"물론이죠! 지금 7층에 사는데요."

"내 말은, 걸어서 올라가 봤느냐고요?"

"아, 그렇군요!" 클레어가 웃었다. "아이린에게 물어봐요. 쓰러질 듯한 아파트마다 엘리베이터가 생기기 전 그 옛날에 우리 아버지가 수위였잖아요. 그런데 지금 우리가 걸어서 올라간다는 소리는 아니겠지요? 설마 여기서!"

"맞아. 그 소리야. 펠리스는 제일 꼭대기 층에 살아." 아이린이 말했다.

"아니 왜?"

"그래야 오다가다 사람들이 안 들른다고."

"맞는 말인지도 모르겠네. 하지만 자기가 힘들 텐데." 브라이언이 말했다. "그렇지요, 어느 정도는. 하지만 펠리스가 말하기를, 지루한 것보다는 죽는 게 낫다고 합디다."

"어머, 정원이네! 저렇게 아무도 밟지 않은 눈을 보니 너무 아름다워요."

"그렇죠? 하지만 그 얇은 구두를 신고 어찌 걷겠어요. 아이린, 당신도."

아이린은 두 사람 옆에 서서 하얗게 눈 덮인 안뜰을

가로질러 나 있는 정돈된 시멘트 길을 따라 걸어갔다. 그녀는 그날의 공기 속에서 어떤 것, 이들 두 사람 사이에 이미 일어났고 다시 일어날 어떤 것을 느꼈다. 그 느낌은 생생하게 아이린을 옥죄고 있었다. 그녀는 브라이언의 다른 팔에 매달려 있는 클레어를 훔쳐보았다. 클레어는 그 도발적인 눈을 위로 뜬 채 그를 바라보고 있었고 그의 두 눈은 간절한 열망을 담고서 그 여자의 얼굴 위에 고정되어 있는 것처럼 보였다.

"여기가 입구인 것 같아." 그녀가 아무렇지 않은 듯 말했다.

"조심해요." 브라이언이 클레어에게 말했다. "4층도 올라가기 전에 중간에서 포기하면 안 돼요. 마지막 이 층 외에는 아무도 구하러 나오지 않아요."

"쓸데 없는 소리 말아요!" 아이린이 쏘아붙였다.

파티가 유쾌하게 시작되었다.

데이브 프릴랜드는 어느 때보다 멋있었다. 재기 발랄하고 말끔했으며 눈부시게 빛났다. 펠리스 또한 들떠 있었고 평상시보다 덜 냉소적이었는데 이는 그녀가 길고 어수선한 거실 이곳저곳에 모여 있는 열두어 명의 손님들을 좋아하기 때문이었다. 브라이언은 재치가 넘쳤다. 하지만 아이린이 보기에, 평소 그의 습관을 감안하더라도, 오늘 그가 한 말들은 지나치게 비판적이었다. 그리고 랠프 헤이즐턴도 있었다. 그가 능수능란하게 난센스로 가득한 말들을 툭툭 내뱉으면 다른 손님들이 거기에 말을 얹어 가며 받아치는 중이었다. 클레어도 마찬가지였다.

아이린만 즐겁지 않았다. 그녀는 파티를 즐기는 것처럼 보이도록 한 번씩 미소 지으면서 거의 말없이 앉아 있었다.

"아이린, 무슨 일이에요?" 누군가가 물었다. "절대 웃지 않겠다고 맹세라도 한 거예요? 당신, 꼭 판사처럼 엄숙하게 보여요."

"아녜요. 다들 어쩜 이렇게 스마트할까 놀라서 할 말을 잃었을 뿐이에요."

"그렇군요." 데이브 프릴랜드가 말했다. "그래서 당신이 금방이라도 울음을 터뜨릴 것 같군요. 아무것도 안 먹던데, 뭐라도 먹어 보지 그래요?"

"고마워요. 그럼, 진저에일 한 잔에 스카치 세 방울을

섞어 주세요. 스카치를 먼저 넣으세요. 그 다음 얼음, 그 다음 진저에일."

"맙소사! 여보 데이브, 당신이 직접 하지 말아요. 집사를 오라고 하세요." 펠리스가 놀랐다.

"그렇게 하세요. 그리고 마부도." 아이린이 조금 웃으며 말했다. "여기 너무 더운 것 같아요. 이 창문 열어도 되지요?" 그렇게 말하며 그녀는 프릴랜드 부부가 아끼는 기다란 두 짝 여닫이 창문의 한쪽을 열었다.

두어 시간 전에 눈이 그친 상태였다. 달이 막 떠오르고 있었고 고층 건물 뒤로 별 두어 개가 살며시 모습을 드러냈다. 아이린은 다 피운 담배를 밖으로 던진 뒤 작은 불꽃이 저 아래 흰 땅 위로 천천히 추락하는 것을 바라봤다.

방 안에서 누군가 축음기를 틀었다. 아니면 라디오인가? 그녀는 둘 다 별로 좋아하지 않았다. 아무도 기계가 내는 큰 소리에 귀를 기울이지 않았고 대신 말소리, 웃음소리가 잠시도 멈추지 않았다. 왜 사람들은 더 왁자지껄한 분위기를 원하는 걸까?

데이브가 그녀의 술잔을 들고 왔다. "당신, 거기 그렇게 서 있으면 안 돼요. 그가 말했다. "감기 걸려요. 이리 와서 나랑 얘기해요. 아니면 내가 떠드는 소리라도 들어 봐요." 그녀의 팔을 잡고 그가 방을 가로질러 갔다. 그들이 막 자리를 잡았을 때 초인종이 울렸다. 펠리스가 데이브에게 문을 열어 보라고 소리쳤다.

홀에서 무심한 듯 공손한 데이브의 목소리가 들렸다. "당신 아내요? 미안합니다. 잘못 아신 것 같군요. 어쩌면 옆집……."

그러자 홀 안의 소음을 뚫고 존 벨루의 고함 소리가 들렸다. "난 틀리지 않았소! 레드필드 부부 집에 갔다 오는 길인데 내 아내가 그들과 같이 있어요. 비키시오. 나중에 시끄럽지 않으려거든."

"무슨 일이에요, 데이브?" 펠리스가 문으로 뛰어나갔다.

그리고 브라이언도 나갔다. 아이린은 그가 말하는 소리를 들었다. "내가 레드필드요. 도대체 당신, 무슨 일이오?"

그러나 벨루는 개의치 않았다. 그는 사람들을 밀치며 방 안으로 들어와 클레어 쪽으로 성큼성큼 걸어갔다. 사람들은 그녀가 뒤로 주춤주춤 물러서는 것을 보고 있었고 그는 더 가까이 다가갔다.

"그래, 넌 검둥이야. 저주받은 더러운 검둥이!" 그는 신음하듯 으르렁거렸고 분노와 고통으로 뒤범벅된 상태였다.

모든 것이 엉망진창이었다. 남자들이 앞으로 튀어나갔다. 펠리스가 그들과 벨루 사이를 가로막았다. 그녀가 재빨리 말했다. "조심해요. 여기서 백인은 당신 혼자예요." 맑고 싸늘한 그녀의 목소리가 경고하고 있었다.

클레어는 창가에 침착하게 서 있었다. 모든 사람이 호기심과 놀라움에 차서 그녀만 바라보고 있는 것을 모르는 듯. 그녀가 쌓아 올린 삶 전체가 그 앞에서 산산조각 나고 있는 것을 모르는 듯. 그녀는 어떤 위험도 감지하지 못했거나 개의치 않는 듯했다. 그녀의 도톰한 붉은 입술과 빛나는 눈에는 희미한 미소마저 어려 있었다.

아이린을 분노하게 만든 것은 그 미소였다. 그녀는 방을 가로질러 달려갔다. 공포와 격분에 휩싸여, 아무것도 걸치지 않은 클레어의 팔에 손을 얹었다. 그녀는 오직 한 가지 생각뿐이었다. 클레어 켄드리가 벨루에게 버림받도록 놔둘 수 없었다. 그녀가 자유로워지도록 그냥 두고 볼 수 없었다.

그들 앞에 존 벨루가, 이제 분노와 상처로 할 말을 잃은 채 서 있었다. 그들 너머로 사람들이 작은 무리를 이루고 있었고 브라이언이 그 앞으로 걸어 나왔다.

그 다음 무슨 일이 일어났는지, 아이린 레드필드는 절대로 기억하지 못할 것이다. 분명하게는, 절대로.

클레어가 거기 있었다. 황금색 붉은 화염처럼 힘차게 타오르는 그녀가. 그리고 다음 순간 그녀가 사라졌다.

공포로 숨 넘어가는 소리. 그 위로 인간의 소리라고 할 수 없는, 고통에 울부짖는 짐승 같은 소리. "여보! 맙소사! 여보!"

층계로 몰려가 미친 듯이 내달리는 발소리들. 멀리서 문들이 쾅쾅 닫히는 소리. 그리고 다시 목소리.

아이린은 뒤에 남았다. 그녀는 맞은편 벽지의 기이한 일본식 무늬를 바라보며 아주 조용히 앉아 있었다.

사라져 버렸다! 그 부드러운 흰 얼굴, 빛나는 머릿결, 도발적인 붉은 입, 꿈꾸는 눈, 어루만지는 듯한 미소, 그 모든 미칠 듯한 사랑스러움이, 클레어 켄드리가, 아이린의 평온한 삶을 찢어 놓은 그 아름다움이. 사라져 버린 것이다! 상대를 조소하듯 도전적인 그녀의 포즈와 종소리 같은 웃음소리도.

아이린은 슬프지 않았다. 다만 망연자실했을 뿐이다. 믿을 수 없었다.

다른 사람들이 어떻게 생각할까? 클레어가 혼자 떨어졌다고 할까? 그녀가 일부러 뒤로 기댔다고 할까? 분명 이것 아니면 저것일 것이다. 아니다…….

그러나 아이린은 일단 생각을 멈추라고 절규했다. 그녀는 이미 너무 지쳤고 큰 충격을 받은 상태였다. 그리고 정말이지 둘 다 사실이었다. 그녀는 아주 지친 탓에 몹시 비틀거렸다. 그러나 생각이 멈추지 않았다. 그녀의 몸이 기진맥진하듯 머릿속도 그랬으면, 그녀의 기억에서 클레어의 팔을 잡고 있는 모습을 없애 버릴 수만 있다면!

"사고였어, 끔찍한 사고였어." 그녀가 흥분해 내뱉었다. "사고였어."

사람들이 계단을 올라오고 있었다. 열려 있던 문 틈으로 그들의 발소리와 말소리가 점점 가까워졌다.

그녀는 재빨리 일어나 소리 없이 침실로 들어간 뒤 등 뒤로 가만히 문을 닫았다.

머릿속이 점점 더 복잡해졌다. 자리에 남아 있어야 했나? 밖에 있는 사람들에게 다시 가야 하나? 그럼 사람들이 질문을 쏟아낼 것이다. 그녀는 그런 것들을, 이후의 일을, 이마저도 생각하지 않았었다. 그녀는 클레어의 팔을 잡던 순간 아무것도 생각하지 않았다.

서늘했다. 차가운 냉기가 등뼈를 타고 올라와 아무것도 걸치지 않은 목과 어깨로 퍼졌다. 저기 바깥 홀에서 말소리가 들렸다. 데이브 프릴랜드의 목소리, 알 수 없는 다른 사람들의 목소리.

코트를 입어야 하나? 아까 펠리스가 아무것도 걸치지 않은 채 아래로 달려갔다. 다른 이들도 그랬다. 브라이언도 마찬가지였다. 브라이언! 당신은 감기 걸리면 안 돼! 그녀는 그의 코트를 집어 들고 자기 것을 내려놓았다. 그리고 문 앞에 잠깐 멈춰 서서 두려움에 휩싸인 채 귀를 기울였다. 어떤 소리도 들리지 않았다. 어떤 목소리도. 발자국 소리도. 아주 천천히 문을 열었다. 홀은 비어 있었다. 그녀가 밖으로 나갔다.

아래층에서 희미하게 계단을 내려가는 소리가 들렸고, 문이 열렸다가 닫혔으며 목소리가 점점 멀어졌다.

그녀는 떨리는 팔로 브라이언의 어마어마하게 긴 코트를 부둥켜안고 한 발짝씩 걸어 내려갔고 그 뒤로 코트가 끌린 채 따라왔다.

이 끝없는 층계를 내려가고 나면 사람들에게 무슨 말을 할 것인가? 그들이 나갈 때 그녀도 몰려 나갔어야 했다. 그녀가 뒤에 처져 머뭇거린 이유를 뭐라고 설명할 것인가? 그녀 자신도 이유를 몰랐다. 그들은 또 무슨 질문들을 쏟아 낼까? 클레어를 향해 그녀가 손을 내밀었던 것에 대해서는 뭐라고 할 것인가?

계속되는 의문 사이로 문득 질문 하나가 떠올랐다. 그 순간 너무 무섭고 끔찍해 그녀는 아래로 곤두박질치지 않으려 난간을 움켜쥐어야 했다. 몸이 심하게 떨렸고 식은땀으로 범벅이 되었다. 숨이 날카롭고 고통스럽게 허덕였다.

클레어가 죽지 않았다면?

그녀는 섬뜩한 공포와 함께 그녀의 아름다운 육체가 만신창이가 되었다는 생각에 메스꺼움을 느꼈다. 그녀가 기절하지 않고 남은 계단을 어떻게 내려왔는지 알 수 없었다. 마침내 지상이었다. 맨 아래까지 왔을 때 그녀는 낯선 이들에게 둘러싸여 있는 사람들을 보았다. 그들은 모두 낮은 소리로, 겁에 질려, 재앙을 목격한 이들다운 심각하고 낮은 어조로 수군대고 있었다. 즉시 그녀는 돌아서서 내려왔던 길로 다시 뛰어 올라가고 싶었다. 하지만 이내 조용한 절망이 그녀를 덮쳤다. 그녀는 스스로 몸과 마음을 추슬러야 했다.

"여기 아이린이 왔네요, 지금." 데이브 프릴랜드가 말했다. 그들은 방금 그녀가 없다는 사실을 알아차리고 나서 그녀가 기절했거나 그 비슷한 일이 일어났을 거라는 결론을 내린 뒤 막 알아보기 위해 올라가려던 참이라고 했다. 그녀는 거만하고 냉정한 태도가 사라진 펠리스가 남편의 팔에 매달려 있는 것을 보았다. 그녀 특유의 도도하고 차가운 모습은 온 데 간 데 없고 매력적인 금빛을 띠는 갈색 피부도 기이한 자주색으로 변해 있었다.

아이린은 프릴랜드의 말을 들은 척도 않고 곧바로 브라이언에게로 갔다. 그의 얼굴은 늙어 보였고 딴사람 같았으며 파랗게 질린 입술은 떨리고 있었다. 그녀는 그를 위로해 주고, 가능하다면 주술을 부려서라도 고통과 공포에서 구해 주고 싶었다. 그러나 그녀는 그의 영혼과 마음에 전혀 다가갈 수 없어 속수무책이었다.

아이린이 더듬거렸다. "클레어는……? 클레어는……?"

대답한 것은 펠리스였다. "즉사한 것 같아."

아이린은 목 위로 솟구치는 안도감에 흐느낌을 참으려고 안간힘을 썼다. 억눌린 그 느낌은 그녀를 상처받은 아이처럼 만들었다. 누군가 그녀를 위로하려 어깨에 손을 얹었고 브라이언이 코트로 그녀를 감쌌다. 그녀는 격렬하게 울기 시작했다. 몸 전체가 발작적인 흐느낌으로 헐떡거렸다. 브라이언이 어설픈 동작으로 그녀를 타일렀다.

"이런 이런, 아이린. 이러면 안 돼. 병나면 어쩌려고. 그 여자는……." 그가 갑자기 말을 멈췄다.

그녀는 멀리서 랠프 헤이즐턴이 말하는 소리를 들었다. "마침 내가 그 여자를 쳐다보고 있었거든. 정말 눈 깜짝할 사이에 그대로 떨어져 버린 거야. 어머, 기절한 것 같아. 세상에! 순식간이었어. 지금까지 살면서 내가 본 것 중에 제일 빨랐어."

"그럴 리 없어, 말도 안 돼! 이럴 순 없어!"

그 격노한 쉰 소리, 아이린이 한 번도 들어본 적이 없는 목소리로 외치고 있는 것은 다름 아닌 브라이언이었다. 그녀의 무릎이 흔들렸다.

데이브 프릴랜드가 말했다. "잠깐만, 브라이언. 아이린이 그 여자 옆에 있었어요. 아이린의 말을 들어 보죠."

그녀는 한순간 적나라하고 비겁한 두려움에 휩싸였다. '오, 주여,' 그녀는 기도했다. '절 도우소서!'

그때 한 남자가 사무적이고 권위적인 태도로 다가와 그녀에게 말했다. "그 여자가 떨어진 거…… 확실하오? 그 여자 남편이 밀었다던가, 그런 일은 없었소? 레드필드 박사는 그렇게 생각하는 것 같은데."

처음으로 그녀는 좁은 홀 입구에서 떨고 있는 몇몇 무리 안에 벨루가 없다는 것을 알아차렸다. 이게 무슨 뜻일까? 그녀가 놀란 가슴을 부둥켜안고 답을 찾는 동안 또 한 번 끔찍한 경련이 지나갔다. 그건 아냐! 맙소사, 아냐!

"아니, 아녜요!" 그녀는 항의했다. "그가 밀지 않은 건 확실해요. 나도 거기 있었어요. 아주 가까이. 그 여자는 그냥 떨어졌어요. 누구도 막을 수가 없었어요. 나는……."

그녀는 무릎을 떨며 주저앉았다. 신음하다 맥없이 무너져 내렸고 다시 신음했다. 거대한 무게에 짓눌려 가라앉고 있을 때 억센 팔이 그녀를 일으켜 세우는 것을 희미하게 느꼈을 뿐이었다. 그리고 다시 모든 것이 캄캄해졌다.

한참 뒤, 그녀는 그 낯선 남자가 말하는 소리를 들었다. "사고사인 것 같소. 올라가서 다시 그 창문을 살펴봅시다."

옮긴이의 말

'흰색'에 대한 욕망
'나'를 포기한 대가

『패싱(Passing)』은 1920년대 할렘 르네상스 시대에 촉망받은 흑인 여성 작가 넬라 라슨(Nella Larsen)의 대표작이다. 넬라는 1891년 시카고에서 서인도제도 출신의 흑인 아버지와 백인 어머니 사이에서 태어났다. 검은 피부색으로 인해 일찍 인종 차별에 눈뜨게 되고 아버지가 사망한 뒤 백인 남성과 재혼한 어머니와도 멀어지면서 개인적, 사회적 소외를 경험한다. 이때의 경험이 소설 속 인물들에

투영되었다. 1910년 뉴욕으로 이주한 그는 할렘 르네상스를 주도하던 예술가들과 교류하면서 작품 활동을 시작했다. 1928년 첫 소설 『유사(Quicksand)』, 그리고 1929년 『패싱』을 출간한다. 이 소설로 재능 있는 젊은 흑인들에게 수여하는 윌리엄 하몬 브론즈 어워드(William E. Harmon Bronze Award)와 구겐하임 지원금을 받았다. 그러나 초기의 활발한 창작 활동에도 불구하고 이혼에 따른 경제적 어려움, 출판사와의 불화 등으로 세 번째 소설을 출간하지 못했다. 도서관 사서와 간호사로 일하면서 할렘의 예술가들과도 단절되었고 그의 작품들은 서서히 잊혔다.

그의 소설들이 다시 독자들의 관심을 얻게 된 것은 1980년대 이후 젊은 흑인 여성 작가들의 재발굴 작업을 통해서다. 『컬러 퍼플(The Color Purple)』의 작가로 잘 알려진 앨리스 워커(Alice Walker) 등이 앞장서서 넬라 라슨과 조라 닐 허스턴(Zora Neale Hurston) 등의 작품들을 발견하고 문학사 속에 이들의 위치를 복원했다.

잘 알려진 대로 1차 세계 대전 후의 1920년대는 한편으로 경제 호황, 테크놀로지의 발달 그리고 소비 만능주의가 다른 한편으로는 기존 가치와 규범에 대한 불신과 환멸

이 지배하던 시대였다. F. 스콧 피츠제럴드의『위대한 개츠비』와 헤밍웨이의 '길 잃은 세대'로 대변되는 분위기 속에서 문명에 억눌렸던 원시에 대한 향수, 무의식과 본능에 대한 관심이 고조되었고 이는 흑인 문화에 대한 폭발적인 예찬으로 이어진다. 흑인 문예 부흥, 할렘 르네상스의 도래였다. 할렘 지역을 중심으로 흑인들의 시와 소설, 재즈, 무용, 뮤지컬, 연극, 조각 등 예술 활동이 활발하게 일어났고 이를 통해 흑인들의 인종적 의식과 자부심이 고조되었다. 흑인-백인 예술가들과 지식인들의 교류가 빈번해졌고 인종 관계의 개선에 대한 기대도 높아졌다.

이런 시대적 배경에서 쓰인 소설『패싱』의 중심 주제는 백인과 비슷한 외모와 피부색을 가진 흑인이 백인 행세를 하는, 이른바 정체성의 탈바꿈에 관한 것이다. 피부색의 한계 또는 경계선에 대한 현대적 탐색이라는 평가를 받는 이 소설은 백인 행세를 하는 흑인들이 감당해야 하는 사회적, 실존적 고뇌와 불안에 천착한다. 그리고 이는 기존 흑인 작가들의 작품과는 주제부터 인물 설정까지 다르다. 가령 우리에게 친숙한 리처드 라이트(Richard Wright)의『네이티브 선(Native Son)』은 시카고라는 도시

공간을 흑인 빈민 지역과 백인 상류 사회로 분리, 대립시
킨 뒤 두 인종 사이에 만연한 폭력과 분노에 집중했다.

『패싱』이 출판된 1920년대는 패싱 인구가 급격히 증
가하던 시기이다. 사회적, 경제적 지위가 향상된 흑인들
이 백인들과 교류하면서 이들의 가치관과 취향, 그리고
소비 패턴이 백인 중산층과 비슷해졌다. 검은 피부, 가난
한 흑인이라는 등식이 깨지면서 흑백 인종을 구분해 주던
선명한 경계선도 흔들렸다. 하지만 여전히 경제 호황과
소비 만능 풍조 속에서 '흰색'은 그 상징적이고 현실적인
우월함으로 인해 누구든지 원하는 욕망의 상품이 되었고
흑인들은 패싱을 통해 자신들에게 가해지는 폭력과 차별
에서 벗어나 흰색의 보호와 혜택을 누리고자 했다. 그러
나 특권을 누리기 위해 지불해야 하는 대가는 크고 치명
적이었다.

이 소설은 시카고의 백인 전용 고급 호텔에 위치한 루
프탑 카페에서 아이린 레드필드가 패싱에 성공한 어린 시
절 친구 클레어 켄드리를 우연히 만나면서 시작된다. 그
리고 흑인들의 파티가 열리는 고층 아파트에 격분한 백인
남편이 나타나자 클레어가 바닥으로 떨어지면서 끝난다.

패싱이 안고 있는 무겁고 복잡한 개인적, 정치적 의미를 극적으로 강조한 방식이다.

　소설의 중심에는 아이린과 클레어가 있다. 아이린은 의사 남편과 어린 두 아들을 둔 전형적인 중산층 주부이다. 그녀는 지역 사회에 봉사하고 가족에게 헌신하며 자기 삶을 교란시키는 요소들을 철저하게 배제하고 통제한다. 그녀가 최고의 가치를 두는 것은 안정과 지속성이다. 엷은 피부색을 가진 그녀에게 패싱이란 필요에 따라 이용할 수 있는 일종의 비밀 티켓과도 같다. 그녀는 클레어에게 혐오와 매혹을 동시에 느낀다.

　한편 클레어 켄드리는 백인의 피부색과 아름다운 외모로 패싱에 성공한 뒤 가난한 고아에서 화려한 상류층 백인 주부로 신분 상승을 했다. 그녀는 원하는 것을 위해 과감하게 도전하고 자신에게 방해가 된다면 사회 규범을 어기는 것도 개의치 않는다. 그러나 사업가 백인 남편과 어린 딸, 유럽에서의 안정된 생활에도 불구하고 공허와 소외를 느끼며 자신이 탈출했던 흑인의 삶으로 다시 돌아오려고 한다.

　클레어의 출현은 아이린의 안정되고 평온해 보이던

가정에 균열을 가져온다. 아이린의 남편 브라이언은 의사이자 모범적인 반려자, 두 아들의 아버지로 그려진다. 그러나 배려 깊으면서도 냉소적인 듯한 그의 내면에는 흑인 중산층 지식인의 깊은 분노와 좌절이 쌓여 있다. 그는 어린 두 아들의 장래를 위해 차별과 혐오의 땅을 벗어나 브라질로 이주하고 싶지만 아이린의 반대로 포기한 상태다. 클레어와 브라이언의 관계에 대한 아이린의 격심한 불안은 억제된 브라이언의 이 탈출 욕구와 관련 있다. 브라이언을 포기할 수 없고 자신의 현재의 삶도 지키겠다는 아이린의 필사적인 안간힘은 클레어의 죽음으로 귀결된다.

소설의 마지막 장면은 의도적으로 모호하다. 클레어는 남편을 피하다가 실수로 떨어진 것인가. 아니면 막다른 순간 스스로 몸을 던진 것인가. 그렇다면 그것은 해방을 위한 자발적 선택인가. 혼돈 속에서 아이린의 행동과 생각이 슬로모션으로 추적된다. 제정신이 아닌 상태에서도 아이린은 완강하게 기억하기를 거부한다. 클레어의 팔에 자기 손이 닿은 순간을 필사적으로 잊고자 한다. 클레어가 즉사했다는 소리에 폭풍처럼 안도의 울음을 터뜨린다…… 소설은 이렇게 패싱이 개인의 삶을 와해시키는 과정을 보여 주면서 인종 차별 사회가 안고 있는 비극의 실체를 냉정하게 응시하고 있다.

이 작품을 처음 한국어로 옮긴 지 십오 년 만에 민음사에서 재출간하게 되어 기쁘다. 마침 이 작품이 리베카 홀(Rebecca Hall) 감독의 영화로 각색되어 선댄스 영화제에 소개되고 곧 넷플릭스를 통해 유통된다는 소식을 들었다. 이 재미있고 중요한 소설을 더 많은 독자들이 만나는 계기가 되기를 바란다. 꼼꼼하게 책을 만들어 주신 민음사 편집부에도 감사를 전한다.

2021년 7월 서숙

옮긴이 서숙   이화여자대학교 영어영문학과를 졸업하고 미국 하와이주
립대학교에서 문학박사학위를 받았다. 이화여자대학교 영
어영문학과 교수로 재직했으며 현재 이화여자대학교 명예
교수이다. 지은 책으로 '서숙 교수의 영미소설 특강' 시리
즈가 있으며, 『돌아오는 길』, 『아, 순간들』, 『따뜻한 뿌리』
등의 산문집을 썼다. 옮긴 책으로 『런던 스케치』, 『와인즈
버그, 오하이오』, 『마음은 외로운 사냥꾼』 등이 있다. 넬라
라슨의 『패싱』으로 제1회 유영번역상을 수상했다.

패싱

1판 1쇄 펴냄   2021년 7월 30일
1판 3쇄 펴냄   2022년 3월 24일

지은이   넬라 라슨
옮긴이   서숙
발행인   박근섭, 박상준
펴낸곳   (주)민음사

출판등록   1966. 5. 19. (제16-490호)
           서울특별시 강남구 도산대로1길 62 (신사동)
           강남출판문화센터 5층 (우편번호 06027)
대표전화   02-515-2000
팩시밀리   02-515-2007
홈페이지   www.minumsa.com

ISBN   978-89-374-4457-9 03840

* 잘못 만들어진 책은 구입처에서 교환해 드립니다.